十一月

ぼくの生きた時代

工藤幸雄

思潮社

十一月——ぼくの生きた時代

工藤幸雄

装画＝古川沙織

I

デンファーレ

デンファーレと呼ばれる花をご存じですか
可憐なその花は三週間も悠《ゆう》に長持ちして
うまく行けば先端のつぼみまでが開き切るまで咲く
ぼくのもっぱらひいきにしている花だ

近所の西友だと安い日は九七円、十日まえ
買ったときは二本、きょうも二本と思ったら、柄《え》が
互いに巻き付けてあり、なんと同じ値で五本…とは安い

愛すべきこの花の出どころが分からない
インターネットで調べたら、栽培地は宮崎県だとか
その後、テレビの国体中継放送を眺めていると

沖縄県の選手団が、この花を手に手に行進した
してみれば、さらに南国、沖縄の花でもあるようだ

デンファーレは、暖かな風土に育つ蘭科の一種なのだ
花は、いかにもそれらしく、複雑な形をしている
花の色は赤ムラサキと白、長めの柄に行儀よく花が並ぶ
花はいつも俯きがち、顔を上げず、そのため内気そうに
眺められ、そこが愛らしいゆえんでもあるのだが……

それにしても、デンファーレという名の響きだけは、どこか
偉ぶって聞こえ、好きになれない。いったい元はどこの
国の言葉か、そこらあたりも、いまのところは謎のまま

あてずっぽな解釈を許してもらえれば
デンファーレの元はオランダ語、デンは首都ハーグの地名に付けるのと
同じく冠詞ではなかろうか。英語でも定冠詞を用い the Hague と書く

もしもこの説明が正しければ、デンファーレは den Valle と綴って
大波小波砕ける波がしらの意味か。そう見える勢いが花にはある
項垂れた風情ながらも、波の崩れる音さえ聞こえなくはないから

デンファーレは一本ごと、花と蕾が十～十二個はついていて
売っているときから、少なくとも、四つ五つは咲いている
繰り返せば、長持ち、花の数の割に、値段は安くお薦め品

デンファーレといかにも厳めしく聞こえる花の名ながら
一度、お買いになって、お部屋に飾れば、きっと愛着を
覚える向きは、大勢のはず、ぜひにもと再び推奨します

どなたか、しおらしい、この花にふさわしい
可憐で、優しげな名を付けてくれると嬉しい

詩を結ぶに当たり、お詫びしたい。デンファーレと
しつこく、いくども並べたのは、デンファーレと

正しく覚えるまでには、長い時間を要したという
ぼくの辛い体験に発した親切ごころと、ご承知ねがう

（〇六・十一・十四〜二十四）

＊デンファーレ命名の謎が解けた。学名デンドロビウム・ファレノプシスの略称が「デンファレ」だという（創元社版『洋蘭』による）。この花による装画を担当した古川沙織さんからの報告に感謝。オランダ語説のインチキ蘊蓄《うんちく》は、幸い覆された。
ついでながら、産地、宮崎県の新知事、東国原《ひがしこくばる》さん、ＰＲの好機到来です。せっかくのお花ゆえ、改名を全国的に募集なさっては、いかが？

カランコエ

カランコエの花が見たければ、わが家のドアの両側に据わる
大鉢《おおばち》を見においであれ、春にも秋にもそのカランコエが咲く
愛弟子、青木純子によれば、あれはサボテンの一種であり
その証拠に、葉っぱに厚みがあるでしょ、と偉そうに言う
さぁ、どうかなぁ、ちょっと疑わしい、眉唾とも言えそうだ
（「ちょっと」は用途が広い、教室で指名されると大学生は逃げに使う）
カランコエの存在に初めて気付いたのは数年前、成田空港の飾り花として
建物の出入り口あたりの細長い花壇にずらりと並んでいた

着いた先、ノルウェーの空港にも、同じ花が旅客を迎えていて
申し合わせたように、そのあとワルシャワ空港でも咲いていた

帰国してから、花屋さんで見かけたら、カランコエと書いてあった
大鉢のカランコエは、「花三昧《ざんまい》」の清水さんに任せて、一年目かな
カランコエの花は、いま見ると、濃い赤と橙色と桜色の三種がある
その適当な配置が、長く愉しめる、しかも、世話はほとんど不要

この手軽さが、世界中で幅広く歓迎されるゆえんなのだろう
特に各地の国際空港が人手不足解決のための一策としてなおさら

インターネットで調べるのは、後回しにして、少し古い百科事典を
見たら、なんと、詳しく載っていた……カランコエの項にほぼ一段を割く
「ベンケイソウ科カランコエ属の総称」、「一一〇種ほどが知られ」、三群に
大別、「すべてマダガスカル島の原産」、花色は赤、朱、橙、桃、黄色

短日処理の結果「周年出荷」、「挿木が容易」、「排水のよい土」に植え
「日に十分あて、高温多湿は避ける」（湯浅浩史）と懇切丁寧
（そうなら、サボテン説は、嘘っぱちではない）。湯浅氏は俗信にまで触れ
「マダガスカルではその葉を財布に入れておくと幸せがくる」とある
英語の綴りは kalanchoe と示されている。よろしい、俗信に倣《なら》って
カランコエの葉を財布に持ち回るとしよう。「四弁の合弁花が特徴」の
カランコエの音の響きは、下駄履きの散歩に似て、のどかで嬉しい

（〇六・十一・二十九）

百日紅

「この木はサルスベリと言います。ほら、おサルさんが、いくら
登ろうとしても、つるつる滑るのよね、わかりますか。
よーく見てごらんなさい。これがサルスベリ、おぼえました？」

一年生にあがって、初めての遠足、植物園に引率の
おんなせんせいが言うと、いっせいにわらい声がおこり
小石川植物園の池の端、子どもらはその木を仰ぎ見た

ウメ、サクラ、タケ、マツ、スギぐらいしか知らない
おかっぱあたまや、いがぐりあたまのおさなごにとって
サルスベリという、ふざけたような、おどけたような名は
新鮮なおどろきで、くすぐったいおかしみに満ちて聞こえた

早春のことだから、まだ若葉も芽吹いていないサルスベリの
枝や幹は、はだかんぼうのあかちゃんを思わせて愛らしかった

＊

あの日の遠足から、五十年ほど過ぎ、たまたま住むこととなった
入間町《いりまちょう》は、調布市に属し、府中と調布との区別の付かなかった男が
もう四分の一世紀も暮らし、ここぞ終《つい》の住処《すみか》と心得ている

このあたりにはケヤキの巨木が多く見られ、すぐご近所には
〈ケヤキ御殿〉の名で知られる広いお屋敷があるが、樹齢数百年の
府中のケヤキ並木にとても及ばぬ。とは言え、青色インコの大群が
屋敷のケヤキを塒《ねぐら》にして、楽しげにそこで暮らしていたのは数年前まで

ところが、青い賑わいはぱったり消え、数々の洞《うろ》を残したまま
恐らく、カラスとの生存競争に敗れ、インコは大挙してどこかへ移住した…
それは別の話。いずれにせよ、ケヤキは調布の〈市樹〉ではない

意外にも、〈市樹〉に指定されているのが、お馴染みサルスベリ
大木にはお目に掛からぬながら、百日紅の名に背かず
夏七月から秋にかけ、花季は長く、
赤、白、ピンクの花がよく目立つ。目立つと書いたが、
妙に目を惹く年と、目にせずに過ごす年とがある

年年《としどし》のその違いに、ことしになって急に気づき、ふしぎでならない
待つような花では決してない。「あっ、咲いてるなぁ、きれい」と眺める年と
花盛りに全く目の向かずに終わる年と、ふたとおりあるのはなぜなのか
散歩の回数が減り、買い出しを急ぎ、あるいは、とびとびに離れて咲くせいか

＊

遠い日のおんなせんせい、ありがとう、ぼく、サルスベリのこと忘れていない
（小石川区立小日向台町《こびなただいまち》尋常小学校一年生だったぼく、ことし八十一歳）
せんせいのお声や姿（たぶん和服）は忘れても、あの日のお話は、覚えていますよ
かくて調布市民として、〈市樹〉礼讃（にもなっていない？）の詩を記す

（〇六・十一・二十八）

悪魔のラッパ——Devil's horn

わが家《や》からバス通りへ出る途中、清水さんの
垣根沿いの道ばたに、大きな黄いろの花が
重たげに無愛想に垂れ下がる。春から秋まで
その花は、替わりばんこに、次つぎと咲く

大人の背丈よりいくぶん高めで、葉も広め
よく見れば四本分かれのその木に黄いろの花が
五つか六つ（今は三つ）だんまりとひらく
巨大とも言えるその花は（とくに萎れかかるころだと）
なにか不吉なざわめきが、そうでなくとも
いたずら者めく悪意があると感じられる

去年のある日、馴染みとなっても名は知らぬ
その花に、ぼくは、つい敢えて密《ひそ》かに名を付けた
〈悪魔のラッパ〉と…陰険そうに俯き加減で
憎たらしい風体《ふうてい》が、命名の理由だ

忘れもしない。その翌日、テレビを見ていたら
同じ黄いろのその花が、映し出されて
花の正式な名前を教えられた。どうやら
Engel's trumpet と呼ぶらしい。意外や意外
これには、正直、しばし、びっくり仰天した

「悪魔のラッパ」vs.「天使のトランペット」
気まま勝手な異教徒の意地わるいネーミングと
キリスト教徒の敬虔な受け止めと

この落差、この相違、極楽と地獄
パライソとインフェルノほどの違いがある

「悪魔のラッパ」と「天使のトランペット」
そもそも悪魔か、それとも天使か——

このお花を、そのうち、どこかで、いつか見かけたら
〈悪魔〉と〈天使〉と、どちらに軍配が挙がるだろう
皆さん、さぁ、どうでしょうか

（〇六・十一・二十三）

＊　この植物の正式な学名は、コダチチョウセンアサガオだそうである。

サクラ――亡友、浦山桐郎に捧ぐ

1

ヂンチョウゲのちいさな花が披《ひら》いて
あの香りが重く漂う季節になると、ぼくは
二度、三度と受験に失敗した苦々しい昔を
年々《ねんねん》想い出す。あぁ、また浪人の一年がと……

やがてサクラの季節が巡り、打って変わる日々となれば
浪人の侘びしさやら寂しさの記憶は遠のき
高等学校に受かったばかりの浮つく気分が甦る
（小学生から大学生まで、日本の四月の入学式は
永遠に変えたくない、サクラの花の華やかさのある限り）

サクラの咲かない校庭が、日本のどこにあるだろう
新入学の嬉しさに胸はずむ子どもら、少年少女たち
彼ら彼女らのときめくこころに、サクラは咲き乱れ
花吹雪は舞い、短な賑わいの果て、サクラの花は散る

大枝を頼もしげに見上げ、目を輝かす、その子らに幸いあれ
子どもらが元気なように、元気のないサクラはどこにもなく
どこで咲いてもサクラの花は華やかで美しい
咲き乱れ、花吹雪は舞い、短な賑わいの果てに散る

2

成城の駅から一直線に始まるサクラ並木はまいねん見事だが
並木のほぼ散り果てたあとに咲く八重のボタンザクラは
さらに見栄えがする。ぼくの命名によるその〈ウラヤマザクラ〉は
並木の始まる左側の取っ付き、ニイナ薬局の傍らに二本が立ち並び咲く
二本のサクラに浦山の名を記念したのは、晩年の桐郎《きりろう》作品に映し出された
成城の街の回想を兼ね、彼の形見にしたいという念願からだ

あのころ浦山は成城近くのどこかに住み、時たま
わが家を訪れては、いっしょに呑んだ。愛弟子《まなでし》、小栗康平を通じ
二階堂の「吉四六《きっちょむ》」を湯布院《ゆふいん》のお土産にして、ぼくを焼酎の
病みつきにしたその張本人は桐郎だ。以後、十年あまり
わが家は安いほうの麦焼酎と決め大分県日出《ひづ》町から取り寄せた

浦山の葬式には、吉永小百合の姿も見られた。大竹しのぶについて
あいつは男を知らなくてこまる、なんとかしてくれよと、東中野の家で
(未知の女優さんに失礼ながら)頼まれたことを、その折にふと思い出した

浦山との初対面は、確か新宿のバー「風紋」あたり、奴さん
すっかり前歯が無くて、銀座の池田歯科を紹介した覚えがある

3

ワルシャワに住み始めのころ、浦山と仲良しの大木さんという
タイムキーパーのうら若い娘がふらり立ち寄り、数日、付き合った

のち彼女はミラノに住み、最初の亭主は亡命の大物ベトナム人の
おっとりした御曹司、再婚相手が日本映画の普及の仕事をする日本人
（現地へ行った二回の旅で別々に紹介された
あさり入りのスパゲッティ、ボンゴーレの味を教えてもくれた
おいしかった。大木さん、どうしてますか。浦山のこと忘れないでね）

「キューポラのある街」は秀作だった。おマセで生意気な朝鮮人の坊やが
結局、日本に居残る羽目となる悲劇の喜劇。小百合は幼く美しかった
北朝鮮へと戻った在日のその後の悲惨は、当時、予知する人さえない
それだけ平和で幸せな時代であった。今なら浦山はどう思うだろうか

七七年ごろ、あるパーティで会った李恢成との立ち話に「キューポラのある街」
を薦めた。恢成がまだ北朝鮮寄りのころだが、彼はなぜか未見であった

もっぱら成城界隈でロケした吉行淳之介作「暗室」の主人公役に
清水紘治を押したのは、ふしぎにも、このぼくで、あのころ
よく通った龍土町の「ザ・クレードル」の常連にその清水さんがいた縁だ

同じその店で、鉢合わせしたのが、浦山と呑んだ最後の晩となる……
いびきが消えてむっくと彼が起き上がり、マダムとぼくの秘事《ひめごと》は中断した
ふたりのことをつゆ疑わず、あの夜、浦山は眠たそうに引き揚げて行った

4

ことしも、来年も、その次の年も、ウラヤマザクラは妖艶に咲き誇るが
だれひとりとして、その花がウラヤマザクラと知る由も、謂われもない
年々歳々、ぼくだけが（家内の記憶が健全ならば）久代も含むふたりが
歳々年々、ウラヤマザクラの開花を喜び、散る花を惜しみ、逝く春を悲しむ

浦山よ、一篇のこの拙い詩を君に捧げる
九州からのあの日の焼酎のお返しとして
颯爽の映画監督たりし君の短い生涯を悼みつつ

年年歳歳花相似　歳歳年年人不同（劉希夷）

結び

右の名文句には、遠く及びも付かぬが
かくも貧弱な詩を、友よ、許せ
折あらば、また呑もう
その日まで再見《ツァイチェン》だ

サクラの木の下
満開のウラヤマザクラのもとで
きっと、また会おうなぁ

ウラヤマザクラを眺めつつ
焼酎の杯《はい》を傾けながら

（〇六・十二・二〜三）

サルビア

サルビア
サルビアの花こそ懐かしけれ

奉天・千代田小学校の花壇に咲く
赤いサルビアの花に潜り込む
花アブを、伸ばした両手に花ごと包み
捕らえたアブのブンブン唸る羽音を
耳に近づけては無心に遊んだ

サルビア
サルビアの花は懐かしや

小学校では朝礼が終わったあとに
流されるマーチの調べに乗って
全校生徒がそろって各教室へ向かう
行進の前に両脚の踵を軽く上げ拍子をとる

教室は年ごと替わるが数種のマーチは
変わらず、まいあさスピーカーから鳴り渡る
ラデッキー行進曲のほか曲名は未だに知らぬよくある快活な曲を
聞きながら進む途中にサルビアの花壇がある

赤いサルビアは去った日々、年々の記憶——
握る花アブの羽音のことをぼくらは
〈ラジオ〉と名付けた…ぼくらとは小川君とぼく
ひとしきり〈ラジオ〉を聞いては、空へとアブを放つ
岡田学級の〈三デコ〉中のふたりの学帽は特大だ

サルビア

サルビアの花は懐かしや

小川君の名は和廣、野球では投手、ドッジボールも
うまかったし、空気銃の名手でもあった小川君
長沼辺りの狩猟に始終ついて回ったのはぼくだ
冠毛の愛苦しい黄《き》連雀ばかりか鶍まで射落とし
ぼくにも銃を貸してくれたが全く命中しなかった

旅順工大を出て、小川君は東通工（東京通信工業）に
就職し、技術屋さんとして無事に永年、勤め上げた
のちの大ソニーだ。録音機・テレビの製造現場で
花アブの〈ラジオ〉のことを小川君は想い出したろうか
ソニー工場の庭の花壇にサルビアが咲いていたりして……

げにや、サルビア
サルビアの花は懐かしきかな

＊

この詩をメールで受け取った
ガールフレンドから翌日に返事
「小田原の小学生はサルビアの花の
　蜜を吸いましたよ」と……

そうか、よくぞ、思い出させてくれた
そうぼくらも同様に、蜜を吸う遊びに熱中したっけ
蜜を横取りする花アブ、そいつに向けたいたずらが
ぼくらの〈ラジオ〉遊びだった

（〇六・十二・一〜七）

Ⅱ

池袋にて

いのちがあるいていく
ひとつのいのち　もうひとつのいのち
またもうひとつのいのち
いのちがいくつもいくつもあるいている
女もいれば男もいる　どれもこれもひとつのいのち

けさ死んだいのちは歩いていない
ゆうべ亡くなったいのちはもちろんのこと
滅びなかったいのちばかりが
いっぱいに道を埋めて通りすぎる
ここは日本　東京の盛り場のひとつ　ぼくの
めったにくることのない池袋の界隈だ

いのちたちはケータイを手にして
もうひとつのいのちと通話している
話の内容はプライバシーにかかわるから
記録は遠慮しよう　「もしもし」で始まり
「じゃまた」で終わる日本のことばだ

*

きょうは家内を連れて彼女の女学校のクラス会
去年と同じホテル・メトロポリタン　十一時半
遠い昔の級友たちに彼女を預け
街の通りを歩きだす　去年の十一月上旬も
同じ時間　同じ場所に老女たちが集まった
迎えに戻るのは二時半と約束する
すべては去年とそのままに思われる

同じことならいっそ去年と同じ道を辿ろうと

駅の反対側へ向かい　去年も行った
映画館に上映時間を確かめに行こうか……
東口に十人ほどが円陣をつくっている
異国人らしい東洋人の男女だが
男たちは大声で英語をしゃべる　香港か
シンガポールからの観光客と見た
彼らは彼らのいのちを抱えて
日本を観にやってきた

目ざす映画は山田洋次だが
一昨年の「たそがれ清兵衛」は、その日に見られず
後日　観に出かけた
ことしは「隠し剣、鬼の爪」とかいう
終演が三時半では　ことしもあきらめる
文化功労者、山田監督には申しわけないが……
通りを引っ返してジュンク堂に向かって歩きだす

去年はその店の手前の洋品店で八九〇円だったかで
中国製のカラーワイシャツを買ったが
ことしは気に入る値下げ品はなかった

店のなかではやたらウルさい曲で割れ返らんばかり
再生装置がよほどお粗末と思うほかない
八九〇円のシャツは見つからなかった
表に出たら　そこの売り場にもいろいろと並べてあって
西洋人の女性が安ネクタイを選んでいた
だれのための買いものなのか

*

若い女が通りすぎる　ことしの流行《はやり》らしく
ズボンの上に短めのスカートを履いている
さっきは山の手線のなかでも見かけたファッション
服飾評論家おすすぎに言わせたら
なんと言ってコキおろすだろう

でもこの姿　決して悪くはない
ハニワを思わせて　むしろ懐かしい
手軽な喫茶店があちこち目に付く
ドトール　イタリアン・トマト　そしてここは
caffè Veloce　ブレンドM　一六〇円也
一階は禁煙ゆえ　地階に降りてこれを書く
Asahi ネットからきた封筒をひらき
裏表をつぶして書きつらねる

淳久堂書店（これが正式の名）では
エスカレーターを昇って三階の売り場で
あれこれ眺め　いろんな本に食指が動いた
ただし　わが家はもう和洋の本が溢れ返っている
だから　うっかり買えば邪魔になるばかり
岩波文庫の『堤中納言物語』（四六〇円）と
『水上勉全集』（中央公論新社）の第十六巻

『宇野浩二傳』の厚くて重い一冊を買った
（八二五二円と領収書を検める）
この二冊を空いろのビニール袋に提げて
caffè Veloce の椅子に腰をおろし
詩のようなものを認《したた》めながら時間をつぶす

＊

いのちたちが　そこらじゅうのテーブルをかこんで
話しこんでいる　独りしょんぼりとタバコを吸うのもいる
だれかを電話で誘い出そうとしても
ひとりの相手さえ見つからない
いのちを終えようとする老人たち……

けさ中越地方では前夜からの地震がつづき
アメリカではジョージ・ブッシュが
ケリー候補を負かしてしまった

そうそう　ジュンク堂の詩集の棚には
そのときなぜかぼくの『不良少年』が見つからず
別の棚には澁澤龍彦全集のお隣に　仲良く
矢川澄子の著書がアナイス・ニンの訳書と並んでいた
龍彦と澄子…ふたりのいのちが繋がって
夫婦だったのはもう遠い昔となる……

昔と言えば　以前なら
池袋のデパートは東武にも西武にも
それぞれ立派な美術館があった　なのに
いつの間にかふたつのいのちは消え去った

（〇四・十一・四）

「歴程」の夕べ

まいとし、晩秋に開かれる詩人の集団「歴程」の夕べに
必ず出席するのが、ここ数年来、ぼくの年中行事となった
最初は阿部日奈子さんの詩集『植民市の地形』の
歴程新鋭賞受賞の日だった。もう十七年もの昔となる

ぼくは人さまの詩集が苦手で、読むのを恐れる習癖がある
謹呈から二、三週間後、多摩美大で文学の話をする授業に向かう朝
ほうってあった詩集を電車に携え、さして期待もせず披《ひら》き、読み出したら
夢中となり、それでも我慢して、ゆっくりページを味わった

そのときの感動の深さは（頼まれもしないのに）
「いい詩集です」と中村真一郎、飯島耕一、渋沢孝輔の

諸兄宛に、急遽、推奨のはがきを出したことからも、知れる

この詩集は、ぼくの訳したブルーノ・シュルツの小説の文体やら雰囲気が
なぜか、どこやら、漂う。寄贈の事実からも、そう疑われる
だが、その間《かん》の事情は、まだ日奈子さんからいちども聞かない

それから数年後、歴程賞受賞の作曲家、柴田南雄《みな》さんと、同じ会合で知り合い
弘前の出身と伺って、さっそく質問してみた。宮澤賢治に

「かなた」と老いしタピングは／杖を遙かに指させど
東、遙かに散乱の……
波なす丘は茫々と／青きりんごの色に暮れ
大学生のタピングは／口笛かろく吹きにけり……
去年汝《こぞな》が姉は　ここにして
中学生の一組に／花の言葉を教へしか

川と銀行、木々のみどり

街は静かにたそがる＊

というのが、ありますね。あのタピングとは
そも、いったい何者なのでしょうか
「タピングさんね、あれは教会にいた牧師のアメリカ人一家ですよ」と
物静かに柴田さんは、あの夜、そう教えてくださった

＊

さて、去年の同じ夕べのあとのメモが、ここにある。それを読んでみよう
（タバコ嫌いな読者は、どうぞ飛ばしてください）の前書きがあり
こう始まる

先日、ある会合で、テーブルの上の灰皿を近寄せ
やおら一本目を取り出した。そのとたん
隣に坐っていた見知らぬ若い女性から声がかかった
「わたし、タバコが嫌いなんです」と素っ気ない
ぼくは廊下の外のロビーへ立って行き

独りタバコを燻《くゆ》らせた……

あの女性のセリフの響きは――いま想う――猛々しいまでに激しかった

余談だが、そんな世の流れに乗ってか、レストランや食堂、喫茶店さえもこれ見よがしに、〈禁煙〉の札を掲げるちかごろと相《あい》なった

外国製の葉巻の箱にはSmoking kills you「殺し道具」と、ずばり記され近所の新築住宅では、ご主人が玄関先に立って吸う哀れな姿を目撃する

＊

ことしの同じ夕べには、会場のホテル・エドモントへと急ぐ駅からの道

歩道に点々と散る黄色に色づくカエデの落ち葉が目に入った

中《ちゅう》ぐらいに背丈の低いイタヤカエデの並木に気付いたのは

今夜が初めてのように想われる。十数回目のくせになぜだろう

目を上げると、並木には、まだ青い葉がたっぷりと多いなか

真っ先に黄葉した葉が、かわいらしくそこだけ際立ち光っている

もともとカエデの名は、〈蛙の手のひら〉からきたらしいが

それにしても、落ち葉たちは、大きなのも、ちいさなのも、揃って形は、蛙の手に違いはないのに、どの一枚とて断乎、相似ていない

＊

多少、遅れて着いたせいで、パーティ会場は、ほとんど満席入口近くに日奈子さんを見かけた。「向こうに行かないの」と誘ったら「きょうは母のことがあるので、早めに帰るから」と遠慮された。彼女の母親は、パーキンソン氏病にかかりその世話するために同居を決め、引っ越したという内容の案内状を頂戴したばかりなのだ――お気の毒にも……

会場を巡ると、黒井千次さんとまず会えたから、野間文芸賞受賞のお祝いを申し述べる。そばにいた元講談社編集者の渡辺勝男さんとは久しぶりだ。ミツキエヴィチ『パン・タデウシュ』の訳書を「文芸文庫」上下二巻で出してくれた人。翻訳に協力してくれた久山《くやま》宏一君から勝男さんが小川町《まち》（埼玉県）の町長選に出馬の由を聞いていたので、伺ったら「もともと負けですよ」と淡々――とは残念な

大学の教師で小説家でも知られる堀江敏幸さんもきていたが
遠くから見掛けた辻井喬さんは、途中で見失った。辻井さんの本名は
西武時代の堤清二、それが東大の党細胞のころは横瀬君であった
その辻井さんは、どこのパーティで見ても、退散が素早く潔い
会費を出そうと出さずとも、意地汚く粘るぼくとは大違い

清水徹さんとも久闊を叙し、初対面の天沢退二郎夫人は
マリリンとか、自ら名乗り出たが、純日本人の画家だ。彼女は
ご両親とも共産党員であったことをご両人の没後に知ったとか
面白いお話を聞かせてくれた。ぼくのほうからは、戦後ずっと続けて
総選挙のたび、一貫して共産党に投票したが、ポーランドからの
帰国後は、それをやめた、「あれはいやな体制でした」と告白する

＊

会費一万円也…にしては、遅参の報いもあって
いかにもご馳走が貧弱だし、品切れ続出、あちこち

引っ掻き集めて皿に盛り、席へ戻ったら
顔見知りの白石かずこさんが、脇にきていた

彼女は、ヨーロッパの詩人の集まりでエフトゥシェンコと意気投合したという話をしてくれた。「勉強会のため、こんどゆっくりとエフトゥシェンコについて話が聞きたい」と仰るので「いいですよ、いつでもどうぞ」と応じたが――そのあと

「エフトゥシェンコとはモスクワ（六五年）でもソウル（八八年）でも東京（九〇年）でも、顔が合ったが、偉ぶったようで気に入らない男ただし、ぼくの訳した『早すぎる自叙伝』（六三年）は若々しく正直でいい本でした」などと、ぼくのほうから、まくしたてた

白石さんは、「わたし外国語が弱いんだけれど、あれこれ勝手に補って、なんとか意思疎通するの。不思議ね」と笑っている

それで思い出した。彼女が、ある公式の席上、外国人の賓客に向かい

Congratulaion と末尾のＳの字抜きで発音したのを、聞き咎《とが》め
「あれは間違いです。お終いに［Z］を付けなくちゃ」と
不躾《ぶしつけ》にも注意を喚起したのは、このぼくだ
同じ間違い、方々でしきりに耳にする

白石さんは、瞼が真っ黒に見えるような
詩人らしく、派手なお化粧をなさるのだが
この晩は、ひどく親切に立ち回り、次々とお皿に
食べ物を運んでくれて、巨峰やら西瓜やらの果物類まで
至れり尽くせりのサービスに、ぼくはすっかり恐縮した

ぼくの初詩集『不良少年』を出してもらった
思潮社編集部の藤井一乃さんとも、久方ぶり
「また書いてください」と温かく励まされる

＊

三つほどテーブルを隔てた先に、気になる美人の顔が見えている

「かわいい目、でも怖い目」という形容が浮かんでくる。そんな目だ

きょうの歴程賞受賞作『幸福』の井川博年さんがあいさつなさる
それが終わって、やがて閉会の辞に壇上に立ったのは池井昌樹さん
池井さんには、読売紙夕刊の月評冒頭で、詩集『不良少年』を
激賞してもらった恩がある（ただし、あとの二冊の著者の名は
見出しにあるのに、ぼくの名前は全く無視され、その恨みを
編集者に対して抱いたものだ…なんだ、これは……と）。

散会が近づき、ぼくは受賞の井川さんに、ご家族を紹介していただいた
令夫人、令嬢、お婿さん。ぼくが遠望した若い美人は
なんと井川さんの愛娘《まなむすめ》でありました。ぼくはこのお嬢さんに、
「かわいい目、でも怖い目」と、その場で告げ、満足して引き揚げた

そばにいた池井さんからも仕事を励まされ、降り立ったホテル・エドモントの
正面いっぱいには、年末に備えてか、豆電球のイルミネーションが明るい

きた道をひとり歩く。イタヤカエデの蛙の葉っぱが、あちこちに
散り敷き、点々と光る。それを見ながら、気持ちよく帰途に就いた

（〇六・十一・二十一）

＊原典「岩手公園」に照らせば、用語・句読点に異同あり、また、忘却した詩句は〔…〕で表す。愛する詩人よ、赦されよ。なお、この詩篇は盛岡市の岩手公園の詩碑に全文が刻まれていることを知った（昭和四十五年十月二十一日建立）。なお、ヘンリー・タピング（一八五三〜一九四二）は盛岡バプテスト教会牧師、盛岡中学の生徒として賢治は英語を教わった（天沢退二郎編『宮沢賢治詩集』新潮文庫による）。

婦人記者へのはがき

「毎日新聞」の読者なら、たぶん忘れてはいまい――〇六年十一月十七日付夕刊に載ったコラムの傑作「サンタの涙」（十五面の「憂楽帳」欄）の文章を。執筆の記者は小国《おぐに》綾子さんである。感激のあまり、ぼくは生まれて初の新聞宛て投書はがきを、早速、認《したた》めることとなった。以下はその文面（元は横書き）だ。

06・11・17

小国綾子様
拝啓
・今夕の御紙に掲載された「サンタの涙」は、よく書けた（三字分、判読不能）すぎるほどの傑作でした。感心に堪えずお便り致します（感動のあまりでしょうか、いつもの下手な字が震えて、なおさらうまく書けません）。
・泣かされました。そのあと、こんどは笑いが止まらない――そんな泣かせもし、笑わずにいられなくする文章――実にきっちりと整った名文です。
・よみ直して、また泣き、涙がなかなか止まらなくなりました。新聞をよんで、こんなに涙を流したのは、初めてです。もう二度とない経験と思えます。
・ありがとう。このはがきをよみ直したら、小生にとっても難読、深くお詫びします。果たして、ご判読いただけたでしょうか。われながら不安を抱きます。
敬具

コラム「憂楽帳」記事。（失礼ながら、勝手に改行した）

「サンタさん、本当はいないんでしょ」。
小学二年の息子に問いつめられた。
「いるに決まってる」と言い繕ったものの
「うそつきは泥棒の始まり」と
しつけてきた手前、居心地が悪い。
ふと、幼い日の思い出がよみがえった。

あれは確か私が十歳のころ。
「サンタはいない」と笑う友達に
「絶対にいる。命賭ける」とたんかを切った。

「絶対いるよね。命賭けちゃった」と、すがったら、母は
「ごめん」とうつむき、ホロホロと泣いたのだっけ。

今も不思議。なぜあの日、母は泣いたんだろう。
尋ねそびれているうち母は死に、私は長じて母になった。

トリックや小道具を駆使した母親譲りの演出で
毎年、サンタの来訪を息子に信じ込ませてきた。
たくさんうそも重ねた。ただ息子の喜ぶ顔が見たくて。

「サンタさんが母ちゃんであるはずがない」。検証の末
自分なりの結論を出した息子の幼い横顔をみながら、
ふと思う。いつか私にも息子に「ごめん」と

泣いて謝る日が来るのだろうか。

その日になれば、私にも母の涙の意味が
分かるのだろうか。

〔小国綾子〕

みなさん、ここの余白に、ご感想を存分に、お書きください。

文明の利器

「文明の利器」――いかにもモダンに響くこの用語を教わったのは
確か小学六年生の國語教科書からであったと振り返る
「文明の利器」――この言葉、ちかごろ、とんと聞こえてこない
それだけ古くさくなってしまったということか

いまやＩＴ（情報技術）のイノベーションの時代であり
ポストモダンとか呼ばれる時代にさしかかったらしい

「文明の利器」――日本放送協会ＪＯＡＫ東京放送局から
初のラジオ電波が発信されるのは、大正十四年の三月二十二日
ぼくが産まれてのち二日しか経たない日のこととなる

「文明の利器」——こんな古びた言葉さえ知らないような
幼い子どもたちまでが、ケータイを持つ世の中とは相成り
「文明の利器」だった固定電話のない家庭さえ珍しくない

＊

その電話が世田谷区経堂のわが家に引かれたのは
昭和三十年代の始まるころ、ぼくは共同通信の記者であった
ワルシャワに移って最初の二年近く、またも電話のない生活に戻る

「文明の利器」——二十八年のテレビジョン放送開始から数年ののち
わが家にも白黒テレビ受信機が、でんと据わった
植木等、青島幸男、ハナ肇らのグループ、クレイジーキャッツが
賑やかに画面上でふざけ合い暴れ回って、大《おお》人気だったころとなる
それより前、炊飯器に続いて洗濯機なるものも、ついに買い込んだ
便利ではあったが、絞りにはハンドルを手回しする仕掛けでした
二十世紀の「文明の利器」代表、自動車を遂にぼくは持たない

運転の仕方さえも心得ない。アメリカ留学先の大学に
八ドルで免許の取れる学科コースがあり、それに加わって
教官付きでブルーミントンの街路を走らせるところまでは
行ったのだが、朝の十時に始まる運転コースなのに
駆けつけるための早起きが、なぜか出来ない不安定な状態となり
とうとうライセンスを諦めて、八ドル捨てる憂《う》き目を見た

日本よりも教習が安上がりで済むワルシャワ時代に
改めて習い直そうと、ボンに住む女ともだち佐々木千世《ちよ》嬢が
せっかく、わずか百ドルで譲ってくれた中古のVWを
雪の真冬に　留学生の運転で遙々と乗りつけたら
間もなく初心者の息子が市電にぶつけてペシャンコ
再びこのとき、ドライブ習得の機会を失った
マイカーの時代、この損失は大きいと未だに悔しい
横道に逸れるが、車の中に、逆に古臭い七輪を持ち込み
丹念に目張りをして、知らぬ仲間と集団自殺したり

同様に一家心中を遂げたりのニュースを見聞するたび
車を持つほどの余裕のある仕合わせなお金持ちなのに
なぜ、そんなこと——と思いがちなぼくだ

＊

日本語を書く作家や翻訳家なら、たいていは
ＰＣ〈パソコン〉を駆使する時代となった
なかには中野孝次のように、死ぬまで頑固に拒否した作家もある
解《げ》せないのは、ロシア文学の翻訳者
江川卓、原卓也、木村浩のうちだれひとり
この〈利器〉の恵みに浴さずに亡くなったこと

例えばアレクサンドル・セルゲーヴィッチといった
長ったらしい名まえも、原稿用紙に万年筆で
書き連ねなくとも、その名を単語登録さえしておけば
〈ア〉の字ひとつ押すだけで、やすやすと済んだはずなのに
ご面々、永年のあいだ、実《まこと》にご苦労さまでした

さいわい、ぼくの場合、定年で大学退任の折
若い同僚に薦められて、使うようになり、いまは二台目
その前に、ワープロの便利さをつくづく知ったのは
池澤夏樹さんからの強い刺戟があったせいで
本人は一台百五十万もしたころに買い込んだと自慢した

いろいろと順序が狂うが、「文明の利器」のトップクラスには
録音機、テープレコーダーを挙げねばならない
初めて録音機に接したのは、国際軍事裁判所に勤務の当時
昭和二十三年のころ、弁護団のアメリカ人の執務室であった
弁護士が秘書の速記用に吹き込んだ声が
針金のような細い金属のくるくると
回る回転につれて、明瞭に流れてきた

それから数年が経ち、国産品の登場したときには
プラスチックのテープ方式へと技術は進歩していた

早速、買い入れた米川正夫邸で、自分の声を再生したら
まるっきり他人の声に聞こえた衝撃が忘れられない

＊

ワルシャワ赴任の際、手荷物に提げて行ったのは
大型の重い器械だ。そうそう、米国留学の直前だから
五九年の春、ポーランド語の初級の手ほどきをしてくれた
畏友川上洸《たけし》が、あの重いやつを、代々木まで毎回の運搬を厭わず
jajka na miękko　ヤイカ・ナ・ミェンコ＊と発音を聞かせた

最近は記者会見の映像で見ると
レコーダーはすっかり小型化して
そのまま手のひらに収まりそうにちいさい
これはＩＣレコーダーと呼ぶそうで
テープ無用の仕掛けと聞いた
（その昔、街頭録音に記者が肩から吊して持ち回った
通称、デンスケは消えて久しい）

いまから五、六年、先の話となるが、テレビジョンの地上
アナログ放送が打ち切りとなり、従来の受信機はお役ご免
その用意に新規購入しても、こっちの寿命が終わるとなれば
もったいない。どうしようか、迷っていたら
調布テレビのＪ・ＣＯＭの技術者が早晩、きてくれる
どうやら無駄遣いせずに済むこととなるらしい……

レーダー、テレビゲーム、ロケット、宇宙衛星、ケータイ電話
さらにはＤＶＤなど、どれも手に触れることもない
かくして「文明の利器」との付き合いは愉しいが、楽じゃない
だいいち、アナログとデジタルの区別さえ
ぼくにはぼんやりとも判っていない

（〇六・十一・十五）

＊半熟たまご（複数）の意

ヒコーキ

本郷の弥生町に住んだころ、昭和の初年、原っぱの上空に
たまにヒコーキが飛んでくると、口々に子どもは叫ぶ
「おーい、ヒコーキ、せんでんビラ撒いてくれぇ！」
ヒコーキは、その声を聞かず、黙って飛んで行った
めったに来ないヒコーキは、急がずにゆっくりと飛んだ

奉天に移ると、軍用の九一式戦闘機とか九二式偵察機が
よく目に付いた。単葉の九一式のほうが美しく好きだった
六年生のとき作文が入賞となり、その褒美に、市内上空を旅客機で
十五分ほど飛び回った。城内の〈支那人〉たちがちいさく見えた

入賞したぼくの作文は「アジアに乗りて」という題

満鉄自慢の大連～奉天間、超スピード列車の乗り心地の絶賛だ
ヒコーキを降りたあと、耳がほとんど聞こえなかった
（女子学級から選ばれた保々《ほぼ》さんは、もう故人と聞く）

あのころヒコーキはどれだけのスピードが出たのか
数字は忘れたが、軍用機でさえ新幹線よりも劣ったと思う
あののどかな飛び方では時速三百キロなんかとてもとても

ヒコーキ雲を初めて見たのは、中学五年の秋だから
昭和十六年、本郷中学の農園の上高くそれを仰いだ
戦争はその年の十二月に始まり、四年後には昼間の空襲で
B29爆撃機編隊の幾筋ものヒコーキ雲をなんども見た

戦後は、ジェット飛行機なるものが現れて、旅客用にも
飛び始め、東京～ロサンジェルス間に日航路線も開業したが
アメリカ留学は往復とも、荒海《あらうみ》を悠々とゆく航路……、その愛着が
揺れる大船《おおぶね》を書斎とした教授時代の優雅なまいとしの夏休みへとつながる

それに先立つ初のヨーロッパ特派は、むろんジェット旅客機
東京オリンピックの夏、エアフランスの客となる（帰途はシベリア鉄道）
いまどきの航空機では、味気なく、侘びしく、こころが弾まない
まして、喫煙者には長い禁煙の時間が、いまや強制される
もはや、ヒコーキの時代は遠く去り、ヒコーキはどこにも飛んでない

（〇六・十二・八）

新語の誕生

Policy of brink-of-war

冷戦さなかの年、米国のダレス国務長官が
この物騒な政策を打ち出した日、入電するや否や
「戦争瀬戸際政策」と、いまは広く知られる訳語を
さっとその場で付けたのは、当時、共同通信社の外信部長のひとり
その名を太田康正という早稲田大学出身の紳士
スポーツマン・タイプ、洪笑が印象的な長身の偉丈夫であった

昭和三十五年、米軍が北ベトナム空襲に踏み切った日
横文字の電文の訳文出稿に際して
東京外語大出身、共同外信部デスクの堀川敏雄君は
「米軍、北爆を開始」の見出しを即座に付けた

〈北爆〉なる新語が、このとき生まれた

〈瀬戸際政策〉と〈北爆〉と、ふたつの新語の誕生の瞬間に
ぼくは偶々、こうして立ち合う巡り合わせとなった
太田部長が〈瀬戸際〉の訳語を思い付くまでの短い時間
ぼくは「戦争ぎりぎり政策」はどうだろうかと考えたが
〈瀬戸際〉と決まって、内心、悔しかったが納得した
漢字が三つ並ぶ重みと迫力に対して
〈ぎりぎり〉ではとても敵うはずがない

新語は外信ニュースの入電とともに忽《たちま》ち誕生し
何年、経とうとも、その重みと権威を失わずに生き残る
ちかごろでも「金正日の瀬戸際政策」などと堂々、通用する

思えば、わが友ら、奥村健男は「原風景」、
島尾敏雄は「ヤポネシア」の新造語を遺して去った
ぼくは「女性性」を発明した

社会学者や女性論者に好まれている新語「女性性」
ブルーノ・シュルツ作「肉桂色の店」（六七年初版）冒頭の
短篇「八月」の訳中で用いたのが初登場、ぼくの密かな自慢だ

＊

五四年のディエンビエンフー包囲作戦に
フランス軍が敗退してから十年後
アメリカはなりふり構わずベトナム戦争を開始した
〈大東亜戦争〉の日本軍やディエンビエンフーの仏軍の
教訓に学ぶことなく、北爆以降、どんどんと深入りしたすえ
米軍は七五年四月、敗戦の悲痛を存分に味わうに至った

現在もアメリカはイラク戦争にもがきあがいて
じたばたしている。戦死した三千に近い米兵らの
犠牲、イラク市民五十万という死者たちの
冥福を祈りつつ、原水爆で広島・長崎を破滅させた
アメリカ政府に向かって、ざまぁ見ろ、と静かに叫びたい

それはさておき、マッカーサーが辞任に追い込まれた際の
「老兵は死なず、ただ消えゆくのみ」と荘重な名訳を付けたのは
どこのどなたであったろう、いまも気になる
原語の An old soldier doesn't die, but only fades away は
アメリカの古い流行歌の歌詞そのままを借りたものと聞く
引用されたその歌の調べも、その歌い手の声も
いつかどこかで聴くことはありそうもない

優れた書き手や名訳者もまた、老兵と同様に、
ただ消えてゆくのか、言葉のきれはしを残しながら

（〇六・十一・十五〜十二・二十二）

＊戦後の市民生活における重要な新語に「団地」がある。「荻窪団地建設予定地」の標示を見かけたのは昭和二十七年のことだ。建設省のどなたかが「集団住宅地」の略語として発明したのだろうか。だが、この新語を創作した人の名をだれも知らない。

三日月の縁起——ヴォジンスキ家の知恵

「三日月が見えたなら、なんでもいいから
手近の金属をぎゅっと握り、それから
三日月に向かって、歯を見せ、きげんよく
にっこりと笑顔を見せること」と——ある晩
そう話してくれたのは、ヴォジンスキ伯爵だ

ヴォジンスキさんは、そう聞かせ、ぼくら夫婦に
笑い顔の手本を示して、言い添えた……
「こうすると、必ずいいことが叶うんですよ
こんどの三日月までには、お金が入ってくる
たんまりと、きっと、間違いなく」

人民ポーランドでも貴族の称号は廃止されたから
伯爵家の長男であっても、もはや伯爵とは呼ばれない
けれども、ショパンが恋を寄せた伯爵令嬢の苗字
ヴォジンスカ*を覚えている人なら、思い当たるはず

ヴォジンスキさんは、その伯爵家の後裔の洒落男
家紋を彫った厚手な金の指輪、いわゆるシグネットを
指に光らせ、人品よろしくフランス語の達人で、輸出入公団の
ベテラン幹部、外国製の自家用車を乗り回していた
(ダンディの心がけも教えた――三つ揃いのスーツを着るとき
チョッキの一番下のボタンは掛けず、はずしておくと)

ロシア人嫌い、ソビエト嫌いにかけては、並みの
ポーランド人に劣らない、いや、それ以上かも

三日月を巡る縁起担ぎは、ほかのポーランド人から
聞いた例《ためし》が無い。伯爵は先代の伯爵から

教わったか、あるいは伯爵家代々の秘密を
伝授したのかも知れない。それはともかくとして

わが家では、以来、西の空に三日月を見かけると
恭しく歯を剥き出して、ニッコリと笑い、手には
そばにあるメタル類を握る（女性なら、アクセサリーが
金属だから、この点は便利）、ぼくは多くの場合に
自転車のハンドルを摑むことにしている

「まあるい、まあるい、まんまるい
お盆のような月が」…お得意のその童謡をあの夜も
伯爵は歌って聞かせた　その節まわしは
戦前の日本学科で学んだ母親の口伝《くでん》だ
幼少の記憶のせいで、調子はちょっと外れても
意味はすっかり分かっているようであった

三日月に願掛けて、果たしてご利益《りやく》はありや否？

ある、ある、たぶんある。ヴォジンスキ家代々の
ご先祖は、まさしく三日月さまの恩恵で繁栄してきた
ぼくら夫婦にしても、在ポーランド中も、帰国後も
なんとか幸運に恵まれたのは、ひとえに三日月さまの
お蔭を被ってのことと思い、拝むたびに笑顔を絶やさぬ

今夜はまだ明るい夕空に、新月も新月、ついたちか
ふつかの若い新月を仰ぎみて、自転車のハンドルを
慌てて握り締め、懇篤なる願いを心底より捧げる

三日月より早めだが、鋭く細い新月のほうが、有り難みも
また一段…と思いこんでいる節のあるぼくらだ

神々《こうごう》しい新月を見たら、電話で恋人に知らせてあげると良い
ついでに、伯爵家伝来の奇妙な風習を教えてやれば、さらに喜ぶかも
（〇六・十一・二十四〜二十五）

＊スラブ語では形容詞なみに扱われる姓には、男性形と女性形の区別がある。クリントン大統領在任中、さわがれた情人の苗字は、ポーランド式にはLewieńska レヴィンスカだが、英語では女性化を避け、読みもルインスキと変わった。

トンチュウ・ロー

トンチュウ・ローはワルシャワの歯医者さん
戦前のいつからか向こうへ渡り、開業した
トンチュウ・ローの名前の漢字は知らない
姓が盧なら韓国ではノだろうが、北朝鮮の出だから
ローでよい。トンチュウは東俊とか同珠あたりか

日本語が通じて便利なので、ぼくら夫婦ともども
お世話になった。トンチュウ・ローは東京の医科歯科大卒
ご家族に会ったことはない。夫人はポーランド人か

「ヤマトだましいは、どうしましたか」
忘れられないのは、トンチュウ・ローのこのセリフ

抜歯を控えたぼくの怖がりように、あきれてか
〈何をびくびくしておるか、しっかりせんか〉の
叱責代わりに、先生のお口から、そう飛び出した

言われたぼくは、診療台の両袖をしっかと握り
緊張しつつ、覚悟を固め、日本男子たらんとこれ努める
「ヤマトだましいは、どうしたか」…この一言《いちごん》
その後、絶えて久しく耳にしない

異邦人でありながら、一時は、同胞ともされた
朝鮮半島出身のトンチュウ・ローさんが
冗談半分に、そう言ったときの心中やいかに

単に気合いを入れさせるための掛け声にせよ
織り交ざった思いとだけでは言い切れぬほど複雑な心境を
ぼくは窺う。小、中学の教室で、日本人教師から
押し付けられた尽忠報国の日本的道徳観とか

武士道精神、また「朕惟フニ」の教育勅語とか

支配する民族、支配される民族間の対立差別
日本側の抜きがたい無理解、蔑視からくるぎくしゃく
自分たちの言葉で教育されなかった恨み……
その半面には、楽しかった友だちとの付き合い
夢と過ぎた遠い年月の思い出もあったであろう

日本で歯科医として技術を学び、修業しながら
故郷の朝鮮へ戻り、なぜそこで開業しなかったのか
遠く遠く、どうしてワルシャワくんだりまで
流れ着いたのか…そんな身の上話は聞いていない

トンチュウ・ローは、ワルシャワ一評判のよい歯医者さん
〈光復〉（解放）から間もなく起こった同胞相争う
「朝鮮戦争」をどのように感じていたのだろう

聞いてみたい…トンチュウ・ローさん、あのころ
あなたの「朝鮮だましいは、どうなっていた」のか
果たして、故国からハングルの便りは届いていたろうか

（〇六・十二・七〜九）

独立記念日

十一月十一日は、めでたくもポーランドの独立記念日だ
（旧体制下では七月二十二日、夏の盛りであった）

その昔の夏のパーティは品川のプリンス・ホテルの芝生の庭で
夕刻の賑わいが、まいねん盛大だったが、民主化のいまは、なぜか
正午からの催しと決まっていて、まいとし決して出掛けない
（真昼間っから、お酒なんか呑めるもんか、と）

ことし、病院を出た翌々日の土曜日、珍しくも会場の大使館へ
ポケットには、ちゃんと招待状を収めてあるから大丈夫
ところが、玄関はシーンとして、人影もない。どうしてだろう
呼び鈴《リン》を鳴らしても、だれも出てくる気配はない。祝日なのに

（五、六分、チェッ、なんだ、癪にさわる！　でも、おかしいな）
来た徴《しるし》に、招待状の入った封筒を、閉ざした鉄門越しに投げ込み
バス停へと引っ返す。次のバスがくるまでに十分もあるのか
またも、腹を立て、再び大使館前へ。二、三分の道をスタスタと

こんどは夜間呼び出しのベルを、立て続けに七、八回も鳴らす
やっと反応があって、ポーランド語。「どなたに用で？」
「大使だよ、大使」――当番の警備員らしい長身の男が
怪訝《けげん》な顔つきで、のろのろと現れた。「その封筒、おれのだ」

鉄門がやがて披かれ、中へと入り、拾った封筒を守衛は手に奥へ
待つこと暫し。戻ってくると「よく見て、招待状の日付は、去年です」
「えっ！」…違いない。なるほど〇五年とあるではないか。おやおや

招待状の類は、わが家の食堂兼居間のぼくの定席の背後
カーテンの掛かった戸棚の片隅に並ぶ、その一通を持って出た
昨年ならば、これで良し、ことしの場合は土曜のため十日に繰り上げたのだ

どうして去年の封筒がそのまま残っていたものか。恥をかいたぞ
「失礼しました、大使によろしく」…すごすご、バス停まで戻る
キツネに抓まれた思い。こんな間抜けな失敗もある。これも人生か。
ともかくも、独立記念日万歳！　来年は、やはり出席を遠慮申そう。

＊

招待状の一部でも引用しようと思い、探したが無し。招待の
正体が悄然として失せた。衝撃が大きすぎたか。しょんぼり

（〇六・十一・十一～三十）

＊当日、持参の招待状の封筒が出てきた。それと一緒にぼくら宛の日本語の文面も現れた。「ポーランド月報」の発行元である「ポーランド資料センター」および、後に「ゼノ・ジェブロフスキ修道士記念ポーランド人を助ける会」と改名された「たすける会」の活動を通し、戒厳令の犠牲者支援に多大なる寄与をされたお二人の功労を称え、グダンスク市長より記念メダルを贈呈するとそこに書かれている。保存していた事情が、これによって判明した。なんの都合でだか、ぼくらは出席しないまま、メダルは郵送されてきたことも思い出す。

韓流

人並みに韓流にはまった…言わずと知れた「冬のソナタ」以来
息子に言わせると、ああいう作り方は、もう古いよ、というが
韓国語は分からない。「あんにょんはせよ」、「かむさむにだ」程度
でも、吹き替えよりは、原語の響きの聞ける放映を、もっぱら好む
そんせんにむ（せんせい）、あぼじ、おもに、みやねよ、それから
なんと言ったっけ…大丈夫、平気、なんでもないよ…は？
古いと言えば、確かに古い…好きな女の子の留守に相手の家を
訪れて、恋人の父親と風呂に浸り、せっせとその背を流すとは

あんな光景を見ていると、なんだか泣き出したくなる。たしかに古い
なんで韓国にサクラの花が咲き乱れ、どうしてソウルのやくざが花札の真剣勝負か

高校生は制服に制帽、女子高生も制服と古めかしい（今でもそうか）
くぇんちゃなよ…思い出した。これが「平気、心配無用、構わん」だ
序でに言えば「あんにょん」は安寧、「かむさ」は感謝の韓読みだ

あらっそ（分かった）、はぢまん（けれど）、あんぢゃ（掛けて）
ぱんだん（判断）、ぶんにぎ（雰囲気）、いゆう（理由）、さじゃん（社長）
のんだん（冗談）、きんぢゃん（緊張）、きぶん（気分）、うんみょん（運命）
…など、とメモしたなかから拾ってみた。ぢゃ、は（じゃ）とよく似る

右の日本語そっくり（アルバイトもある）が親しめもするが、それと違って
ちょんまねよ（とんでもない）、くれよ（そうなの）、もえよ（何だ）
うぇ（どうして）、こまおよ（ありがと）と純韓風が耳に快く
しるれいすむにだ（失礼）と和韓まぜこぜ風《ふう》にも、なにやら胸が躍る

切りがないから言葉は止《や》め、風習に切り替えれば
玄関で履き物を脱ぐ…あの清潔感がいい。障子風の
インテリアが落ち着く。少年少女のじゃんけんぽんが楽しく
テント張りの一杯飲み屋は誘惑的だ。男女の仲は常に控えめ

それにしても、医師、看護婦〈婦〉は残っている？）が
やたらに登場して、手術室、病室など病院の長い廊下とか
エレベーターにはうんざりする。好きなのは
恋の場面と限らず、ドラマの盛り上がりには
決まって海辺や波や砂浜が、映し出されること
遠景近景ともに、愛と恨みと…古風に言えば「金色夜叉《こんじきやしゃ》」張り

なんてったって、女優さんがすべて美しい
「夏の香り」のソン・イェジンの慎ましさ
愛らしさには惚れ惚れした。男たちは長身かつは
ハンサム揃い、男女ともども涙を隠すことなく
心情、細やかに、確かな演技が日本人を虜にした

いまさら韓国留学の年齢ではないが
韓国へと流れようとする旅ごころが芽生える

留学（ゆうはく）…これも韓国ドラマの常習か　日韓同音の（カバン）を引っ提げて
イギリス、アメリカ、また日本へ。だから金浦空港の
雑踏はお馴染みだ。車・ケータイ・豪邸を持たぬぼくには
韓国ドラマは、羨ましいばかりの裕《ゆた》かな暮らしが多い

ドラマを引き立て、ぐっと支えるものに
美術・音楽担当の配慮と腕前が欠かせない
小物や衣装や大道具、なべてが行き届く
画家、デザイナー、作曲家らアーティストが主人公となり
スケッチや額が美しく、服装はいつもお洒落だ

礼節、仁義、父母兄弟間の愛情確執
実の兄でなくとも、（おっぱー）と親しげに
年下の少女は呼び、人生の約束事は守られる

約束は（やくそく）と発音され、幾度となく聞こえる――（カバン）並みに
それもたまにはなんとゆびきりゲンマン
あの愛らしい仕種付（どちらの風習なりや）

唯一の苦手が金属製の細い箸
せっかくのキムチやチゲの味も
おいしさが半減しそうでつらい……

（〇六・十二・二十〜二十四）

＊ジャンケンポンは中国語の両拳の訛りとされ中国起源の韓国での掛け声はハリ・バリ・ボウとなる。なお、日本語の発音表記などは詩人のぱくきょんみさんのご親切な指導を得た。

父子の対話

久しぶりに次男、素生《もとお》と昼食を共にした
場所は仙川駅にすぐ近いロイヤル・ホストの店だ
店はいつも気力が漲《みなぎ》り、ウェイトレスも感じがよく
料理もうまい。例によって喫煙席の一隅を選ぶ
「いまの若い連中に通じない言葉が増えたなと思う」
と素生が言う。「アベックが分からないんだよ」
「じゃ、なんて言うんだ、アベックのことは」
「カップルに置き換わったらしいよ」「カップルね…

落ち着きがわるいなぁ」「でしょう？　カップルじゃね」
アベックする、アベックばかり、アベックしたい

そんな時代を、ぼくも、息子も共有してきたわけか
そのアベックが永くは続かず、仲が割れると別れたり離婚となる

新婚早々、井の頭公園をアベック散歩の折、擦れ違う
アベックたちに、子連れが多く、賑やかで、愉しげだった

そうだ、子どもができなくちゃ、あれで初めて、一人前の
夫婦というわけだな、と妙に感じ入った憶えがある

やがて、ふたりの幼子《おさなご》の手を引いて歩く年月に恵まれたが
次第次第に、夫婦不和となり、うまくは行かずに終わった

息子は、そんなわれわれ別れた両親《ふたおや》の犠牲者のひとり
上の子と違い大学は出た…学費は奨学金とぼくの負担で

「歳をとると、不思議なことが、いろいろとあるもんだ」
とぼく。「新聞やテレビに、人さまの年齢が出てきて
六十七とか、七十八とか言われると、ずいぶんのお歳だなと
思う。相当な老人だなと。自分のほうが、もっと年寄りとは
思わずに。それに気付くには、必ず、一瞬の間《ま》があく
そんなものだよ」、「ふーん」。五十を控えた息子は聞き流す
素生は未婚。非婚男女、少子化の溢れる時代を代表する
引き替え、長男は四十台の末、二十も年下と、めでたくなった
「お兄ちゃんの家を見たか。たまには遊びに行ったらどう
いい奥さんだよ、あの愛ちゃんは。娘たちもかわいいしね」
カップルも、アベックもない息子、父親としては、気懸かりだ

ぼくが外国暮らしから戻ったのは、ちょうど五十歳の春なのに
昔流に、そろそろ身を固めたら、とは言えず、苦労しながらも
なんとか、新居に住み、子を持つ兄貴を見倣えとも、口に出せぬ
「まぁ、そのうち」息子の返事は、そんな気に、なれないふう
「喜ぶぞ、お兄ちゃんたち」、「そうかな」、「そりゃ、そうさ」
コーヒーが、運ばれて、食事が終わる。息子はハヤシライス
(ぼくは、もう少し高い料理だったが、なにを食ったか)
シガレットをふかし、しばらく、父子は、だまったまんま……
愛想の良い給仕掛かりが、コーヒーを注ぎに回ってきた

(〇六・十二・八)

＊ アベックを知らない世代のための解説。アベックとはフランス語の前置詞 avec から発生した。原語は英語の with に相当し、それでしかない。原義から途方もなく離れて、勝手に創作された

純日本式用法の初出が、いつ、どこでかは知らない。それは別として、かつて全日本に普及し一世を風靡したかに見えるあの甘ったるい響きが消えたとは！　ああ、アベック。流行歌に思い出となるような「アベックの歌」がついに現れなかったのも不思議でならない。

孫むすめの電話

父親の電話を横取りして
孫むすめ、志奈乃の声が出た

ユキぢいぢ、こんばんは、げんき？
あぁ、げんきだよ、しなのちゃんは？

うん、げんき、えりか（瑛理夏）はかぜだけど
ねぇ、ぢいぢ、ききたいことが
あるけど、おしえてくれる？
なぁに、どんなこと、言ってみて

あのね、どうして、なまえが違うの

うちのパパは、堀切なのに、なぜ
ぢいぢは、工藤なの、なぜなの、どうして

おやおや、むずかしいね、それは…
マヤちゃんばぁばも堀切で、ぢいぢは工藤でしょ
（そうだよ）。だったら、なぜそうなの

（やや、間を置いて）りこんしたから？
（へぇ、離婚なんて言葉を知ってる）
けっこんしてたのが、別れたわけ？

（結婚も分かっているんだ、ほう）
そういうわけ。結婚してたのに、離婚した
一緒にいたのが、ばらばらに。けんかしたの？
やっぱり、そうなんだ、さびしくなかった？
うん、さびしかったけど、そうなった。わかる？

わかった、どうも、ありがとう
おやすみなさい（おやじ万比呂に替わって）
もしもし、おどろいたな、いまの質問
こんな話、うちでは、いちどもしないのに
（よくわかるな）。子どもだと思うと、意外に
なんでも、ちゃんと、おとなの話を聞いている

＊

一年前のクリスマス、多摩川を車で渡るとき
右手に山並みが遠望されるのを見て
志奈乃が、嬉しそうに、弾む声を挙げた
「お山がお手てをつないでいるよ」

あれにも、驚いたが、きょうのは、人事世相に亘る
明年、二月十九日が、志奈乃の六つの誕生日

家庭裁判所専門の弁護士にでもなるのかな、と訊くと
今のところナース志望、とは母親、愛ちゃんの説明だ
再放送中のテレビの人気ドラマの影響という

（〇六・十二・八）

Ⅲ

歌は世に連れ

1

いろんな歌があった。嫌な歌のほとんどが、幸い消えていった。日本人の記憶から消された、それらの歌には、歌われた当時の世相が、はっきりと刻印されている。順序不同に挙げてみよう。嫌いな歌がどうしても多いが……。

ぼくは軍人、大好きよ／いまに大きくなったなら
勲章つけて、剣さげて／お馬に乗って、はいどうどう

幼い子どもたちの日常から、こんな歌が消去されたのは、なんとも喜ばしい。兵隊さんを讃える童謡はまだいろいろとあった。

汽車汽車ぽっぽぽっぽ／しゅっぽしゅっぽしゅっぽっぽ
ぼくらを乗せて／しゅっぽしゅっぽしゅっぽっぽ
スピードスピード／窓の外／畑も飛ぶ飛ぶ、家も飛ぶ
走れ、走れ、走れ／鉄橋だ、鉄橋だ／楽しいな

ここまでは罪がない。その先に兵隊さんが登場した（と記憶する）。

汽車汽車しゅっぽしゅっぽ／しゅっぽしゅっぽしゅっぽっぽ
兵隊さんを乗せて／しゅっぽしゅっぽしゅっぽっぽ

あとは覚えがない。兵隊が出てきて艶消しとなる。日の丸の歌もあった。ぼくの耳には、どうしてもこれは軍国調に聞こえてしまう。

白地に赤く、日の丸、染めて
ああ美しい、日本の旗は

朝日の昇る、勢い見せて
ああ勇ましい、日本の旗は

「ああ美しい」は、ぼくの習ったころには「ああ美しや」であったようだ（さて、国旗ではなしに、国家を褒め称《たた》える〈愛国〉の童謡が、あの当時もしも存在したなら、東京都教育委員会は、さぞや、その歌の復活に躍起となるだろう。彼らが、あれほど国旗と国歌の尊重に目くじらを立てるからには……）。そこで、提案する。「君が代」は、天皇（ないし皇族）のおいでになる場だけに、限定して歌うものと定めたらよい。あの歌はぜったいに「民衆歌」

ではない。

2

「いやじゃありませんか、軍隊は」で始まり、剝き出しの反軍思想に貫かれる、そんな大人向けの歌もあった。戦争末期に歌われ出したように思う。あとはどう続いたか。

いやじゃありませんか、軍隊は
金《かね》のお椀に竹の箸
佛さまでは、あるまいし、
一膳めしとは、情なや

あとのほうで「女乗せない戦車隊」という文句もあった。そこらの記憶は遠のいた。

3

終戦までの小・中学は、どこも「教育勅語」というのが付き物であった。学校で式のあるたびに、講堂に集まった全校生徒を前にして勅語が読まれた。白い手袋を嵌めた校長先生が厳かに読み上げる。その冒頭――

朕、惟フニ我ガ皇祖皇宗、国ヲ肇ムルコト宏遠ニ徳ヲ樹ツルコト深厚ナリこの先もまだまだ覚えているが、書き連ねるのは辞《や》めておく。「汝、臣民、父母ニ孝ニ、兄弟ニ友ニ、夫婦相和シ」などと続く。ただし、肇《はじ》める、樹《たて》る、「けいていにゆうに」と読めるかしら。

小学二、三年生なら無論のこと、高学年にとっても、かなり難解で意味不明のこの朗読——間違い、朗読とは呼ばず、「勅語奉読」と畏《かしこ》まり、もったいぶった——は五、六分、いや荘重を重んずる読みをこころ掛ける校長の場合なら、恐らく七、八分間近くも続いただろう。ようやく文末に「明治二十三年十月三十日」の日付があってから「御名御璽」ときて、そこで締め括られる。これは「ぎょめいぎょじ」と読む（長兄の学んだ府立四中の深井校長は、異を立てて「みな、みしるし」と読んだと聞いた）。

その終わる瞬間を待ちかねて、学童・生徒のあいだからは、ずっと我慢していた咳払いや、洟《はな》を啜《すす》り上げるざわめきが一斉に起こった。緊張に包まれた時間はそれでようやく終わる。

ちんぷんかんぷん、学校での祭日の儀式のあるたびに、これが全国津々浦々で繰り返された。今から思えば、滑稽千万というほかかない。あれと同じことを押し付けられた台湾や朝鮮——当時は共に正式な日本の領土であった——の学校の子どもらには、どんなにか退屈かつ奇妙な時間であったろうか。たとい、内地の学校並みに、恒例に従って、お祝いのお菓子が、全校生徒に洩れなく、配られたにしても。

「朕、思わず屁を垂れて、汝、臣民、臭かろ。鼻をつまんで御名御璽」——当時の日本中の学童なら、この〈改悪文〉を未だに覚えているはずだ。

歌の話題から、はずれている。そこで思い出す。学校で〈お式〉のある日には、特別に特定の式の日の歌を畏まって合唱した。その日が近づくと、音楽の時間に毎年、決まって練習が繰り返された。元日、紀元節、天長節、明治節等、それぞれに父祖の時代に制定された難しい歌があった。

松竹《まつたけ》、立てて門ごとに
祝ふけふこそ楽しけれ

のお正月の唱歌は、ガキどもが改作して、「松竹、ひっくり返して大騒ぎ／芋を食うこそ楽しけれ」に化けた。

4

Today adbaloon in the sky
Perhaps he is in the company
And is very busy, I think
Ah, nevertheless, nevertheless
To get angry, to get angry
It is natural

「けふも空にはアドバルーン
さぞかし会社でいまごろは
お忙しいと思ふたに

ああ、それなのに、それなのに
怒るのは、怒るのは、あったりまへでせう」の〝迷訳〟だ。

文法無視の酷い英文ながら、日本語の歌と同じの節回しに乗せて歌えるところが、みそである。

You might say, but today's hot fish

というのもあった。こちらは「言ふまいと思へどもけふの暑さかな」の大まじめな〝直乱訳〟だ。

両方とも、どこかの気の利いた若い英語教師が思いついたか、生意気盛りな中学生の苦心の作か、いずれとも知れないながら、ぼくの学んだ奉天の中学と限らず、共にあの歳月、日本全国で自然に広く伝わって、知れ渡ったに違いない〝怪作〟である（読者のなかで、これに似た、いたずら訳をご存じあらば、ご教示ねがいたい。To be to be tenmade もありましたよと若い友人の松川君が思い出させてくれた）。

5

母親がよく口ずさんでいた歌のひとつに

四百《しひゃく》余州を挙《こぞ》る／十万余騎の敵

国難ここに見る／弘安四年夏のころ／（…）一喝して世に示す
多々良《たたら》浜辺の戎夷《えみし》／そは何、蒙古勢

うんぬんがある。「元寇の役」の題名であったか、いずれにせよ蒙古襲来の歌である。あっちもこっちも、うろ覚えばかりで申し訳ない。

明治二十年初め生まれの母親の好んだ右の文句からは、日清か日露の戦役に「国難」を感じていた人々の武者震いのようなものが聞き取れる（と、いまにして思う）。

＊

もうひとつ母の愛唱歌は、「婦人従軍歌」だ。

火筒《ほづつ》の響き、遠ざかる
あとには虫も、声たてず

と始まる静かな調べであった。明治の女学生が合唱した愛唱歌のひとつであったろうか。大砲か鉄砲を「火筒」と呼ぶとは優雅ではないか。

時は移り、やがていつか、その「女学生」が廃語になった。代わって女子学生が生まれ、あとに女子大生が続いたが、これは女子大学の学生に限定してほしい。一般の大学に学ぶのは女子大生と呼びたくない。そして、看護婦までがそのあとを追うのが悲しい。しかも「看護師」とは！「師」はきつすぎる——せめて「看護司」ぐらいなら、優しさが残ったろうに。しかも、「九」と並んで「四」を嫌う病院ではないか。やはり「看護師」は響きが悪い（でもお医者さんも「医師」ですよとある人は言う）。せっかくだが、ぼくは死ぬまで「看護婦」さんを使わせてもらう。あの白衣の優しい姿は、看護婦さんの響きからのみ浮かんでくる。

空に囀る鳥の声　峰より落つる瀧の音
大波小波、どうどうと　響き絶えせぬ波の音

「どうどう」は「滔々」が正しい。この歌「天然の美」も調べてもらったら作曲は瀧廉太郎でなくて田中穂積（佐世保海軍軍楽隊長）だそうだ。この歌も、ぼくが見たこともない明治の女学生の母、袴姿の少女を連想させる。作詞の武島羽衣は東京女子高等師範の国語教師。

遠いソ連の奥地カザフスタンだかに、集団ごと大量移送された朝鮮民族の間で、この「天然の美」が歌い継がれているそうだ（むろん朝鮮語訳なのだろう）。自分たちの国の歌ないしふるさとの歌として、先祖伝来の誇りを籠めて、現在も珍重され、懐かしさと親しみを籠めて、愛唱されるらしい。

新聞の記事（毎日新聞）でそう読んだのは、最近である。歌う彼らはその歌が日本生まれであることをとっくに忘れているという。構わない。それでいいのだ。一度、彼らの合唱を耳にしてみたい。

それにしても、この「天然」という用法も「自然」に置き換えられ、廃語に近づいている気配だ——「天然痘」並み。右だか左だったたか、必ず二の腕に醜く後を遺した「疱瘡《ほうそう》」避《よ》け

の種痘のように……。戦後生まれの新語「天然色」さえも古びた。でも「天然アユ」は生きている。

6

懐かしい歌は、さまざまにある。十六歳の晩秋に若死にした妹を想い出すとき、耳の奥に聞こえるのは「千草の歌」だ。肺浸潤で亡くなる年、まだ元気だった女学生の妹が見えてくる。待てよ、「千草の歌」ではなさそうだ。違う。「千草の歌」ならば、歌い出しは「庭の千草も…」となり、妹も歌ったに違いないが、これまた明治の女学生、わが母の歌いたまいし歌に属してしまう。ああ、なんだったのか――妹の愛唱歌は。昭和の女学生の好きな「輪唱」で歌われたはずのあの歌は？　メロディーはなんとか再生できて、それを基に家内に訊ねても歌が出てこようとしない。仕方ない、諦めよう。節ばかりが、追いかけ追いかけするように、頭に響く。そうそう――「さらば、ふるさと、ふるさと、さらば」と繰り返される歌であった。

そうして、制服姿の女学生の妹、恵美子は、早くも人生にさらばを告げて去った。自宅で催された葬式には、在学した昭和女学校と呼ぶ学校の制服の級友たちばかりか、他のクラスの同年生までおおぜいが焼香にきてくれた。この娘たちが生きているのに、なぜ妹は……と生死明暗の違いに納得できない悔しさを覚えた。

7

二十二歳に達しないままフィリピンのどこかの島で戦死した次兄の場合はどうだろう。先日、兄弟姉妹八人のうちの生き残り、末弟の和雄と久しぶりに会ったとき、弟が言い出した。「恒氏は蒙古語の妙ちくりんな歌を歌ってたんじゃなかったかな」（恒氏とは次兄、恒幸の兄姉同士の呼び名として、いつの間にか定着した。これに倣ってか、姉の洲子はシュー氏。次姉の満里子ならマリ氏、恒氏と十歳違いの和雄は和氏、ぼくならユキ氏となる。氏の読みは「し」、一時、用いられたというミスター、ミス等を廃した韓国式である）。

浪人二年の末、兄はようやく拓殖大学に受かり、なぜかロシア語学生となった。だが、入学から数カ月、その秋には陸軍の船舶兵として入隊し、宇品から比島へ運ばれて行った。入学後、間もなく、蒙古語科の学生から仕入れたらしく、おかしな調子のその歌をさっそくぼくらに教えた。和氏は、それを思い出して話題に乗せたのだ（完全にうろ覚えの歌を以下に表記する）。

ホリヤン　ドットー　ホリヤン　ダッタカ　ウー
（…………………）
ワーリャン　チーグリガッタ
ワードクナーヤ　ホリヤン　ウー

最後の二行分は、かなり確かだが、あとは怪しい。（…）の箇所は全く思い出せない。これが荒々しく、勇壮ながら、のどかにも響く曲に乗せて歌われる。初めて耳にする人には、調子っぱずれに聞こえないこともない。勇士の歌とか、勝利の歌とか——とは、兄貴の解説であった。

記憶違いでなければ、入隊時、見送りの拓大学生仲間が「きっと勝ちます、勝たせます」をがなり立ててから、このモンゴル産の歌もついでに歌ったように思える。夜の東京駅の乗車口、〈学徒動員〉のあの日、昭和十八年十一月二十九日とは、恒氏の二十回目の誕生日であった。

大阪外語大の蒙古学科に学んだ司馬遼太郎も、ひょっとしたら習い覚えた歌ではなかったか——と、かってな想像が膨らむ。正調の本歌《もとうた》を朝青龍関に歌ってもらいたいものだ。

＊

恒氏は幼稚園のころから唱歌が得意だった。小学校に入ってから、二年生のころ、恒氏は何かの折に級友ごと招かれ、鐘淵紡績（現カネボウ）の工場で歌ったことがある。歌ったのが「天然の美」であったのは間違いない。映画を観ても、レコードを聴いても、兄は曲を一度で覚えてしまうほど音感が良かった。映画の帰り道には、もう口笛で主題歌のメロディーを吹いた。勉強は、あまりできたほうとは言えないが、音感の良さを含めて、特殊な才能が恒氏にはあった。

恒氏伝授の珍しい歌が、もうひとつある。こんどは朝鮮語である。最近、活字となった拙文から引用する。

一家が満洲（奉天）を引き揚げるとき、五年生だった兄が独りだけ、卒業までの短期間、撫順《ぶじゅん》の姉のところに預けられた。一時間ほどの電車通学となる。同じ電車通学の女学生がいて、この人が朝鮮人であった。兄貴は彼女に惚れたらしい。女の子は兄に朝鮮語の歌を教えた。「他郷暮らし」である。

「ターヒャン・サリ・ミョオッテ・ドゥンガ・ソンコバ・ヘウォボニ」と始まるこの歌（金両基『ハングルの世界』中公新書）は、和歌山出身の早死にした被差別の小説家、中上健次の愛唱歌だったと聞く。

八八年に韓国でのペン大会に出かけたとき、高なんとかさんという男性の歌い手が吹きこんだテープを買った。あの哀愁を帯びるメロディーは戦死した兄と、見知らぬその恋人の青春と結びつく（「金太中詩集に寄せて」『わがふるさとは湖南《ホナム》の地』別冊、思潮社、二〇〇四年）。

＊

アメリカ留学中、インディアナ大学の院生寮の食堂でフィリピンはマニラからの留学生（男子）に話しかけられた。

「お兄さんがマニラにいたことがないでしょうか」

「さあ、どうでしょう」

「姉の所に始終、遊びに来ていた日本兵がいて、その人が、やはりクドーでした。ピアノが上手な兵隊さんで、快活な人だったなあ」、懐かしげな口ぶりで彼は言った。

恒氏はマニラには寄らずに、セブ島に直行したはずだ。人違いだろう。ピアノがうまかったこともない。人違いでなかったとしたら、戦争中はまだ幼かったその学生の耳に、上手に聞こえただけのことかと考えられる。「顔がぼくに似ていた？」と、あのときなぜ訊き返さなかったのか……。

8

戦争の末期、学徒の工場動員先で数カ月間を送った。敗戦の前年の十二月末から七月末に掛けてのことだ。名古屋郊外、須ヶ口駅に近いその工場は、豊和重工業という名で、ぼくは鍛造工場に部署を与えられ、炉で真っ赤に灼かれた大きな鉄の材料を、鍛造ハンマーまで引きずるようにして運ぶ仕事に就いていた（ハンマーを操る寡黙な朝鮮人熟練工がひとりいたのを覚えている）。

級友のひとりの岩田宏君は偶然、須ヶ口の出身で自宅もそこにあった。ちょっと凄みの利く、やくざっぽいその岩田君、彼から教わった歌が良かった。のちに「網走番外地」として、知られるようになった曲で歌う。隠語だらけのこんな歌だ。

ヤサぐれて、サツに追われた　ヤバい身を
囲ってくれたハクいスケ
掛けてやりたや、やさ言葉
硬派のゴロが　ままならぬ

紅付けて、おシロイ塗って　眉引いた
制服姿は軟派でも

胸に硬派の血が燃える
へたなゴロには負けやせぬ

無粋だが、通俗語に直せば――

「家を飛び出して、警察に追われる危いおれを／匿《かくま》ってくれた美人の女の子に／優しい言葉のひとつも掛けてやりたいが／硬派の目が光っていて／そいつら相手の乱闘には、とても自信が持てない」。

「口紅を付け、おしろいも塗り、眉毛までくっきり引いた／学生服の恰好は、なるほど軟派に見えるだろうが／へぼな取っ組み合いには、ぜったい勝ってみせるぞ。さあ、きやがれ」。


弱虫のような、強がりのような不良少年！

夏が近づくころ、いや真冬でさえも、近眼のめがねの上に黒めがね（現今の用語ではサングラス）を重ねて闊歩することを好んだ恒氏の国防色の制服姿が、ぼくにはどうしても見えてくる。

この「やさぐれて、サツに追われた」少年の歌が、三年後（一九四八年）には変身して登場する。

われは十六　若き不良少年なれば
かくも形よき学生帽はかむるなり
かくは白きマスクもて唇《くち》をおほふなり

口紅朱《あか》くさせるその唇を

そして最終の第五聯はこう結ばれる。

われはかなしき不良少年なれば
いで白きマスクをとりて
かるき口笛高く吹きゆかんかな
口紅させるほの朱きくちびるもて

（詩集『不良少年』思潮社）

9

動員先の工場から、軍に入営のために、学友たちはひとりずつ去っていった。そのつど、見送りのぼくらの歌ったのは、勇ましい愛国の軍歌ではなかった。まして靖国神社で会おうなどとは口にしなかった（と書いたが、そう断定できない）。まず浮かんでくる思い出したい歌はこうだ。

さようなら、さようなら、また会いましょう
別れたあとにもあの面影が
いつか瞼に浮いてくる、浮いてくる

あるいは、また

あの日、鶴舞《つるまい》公園で　君と眺めた桜ばな
花は変われど　その花は、その花は…

＊

須ヶ口駅から名鉄電車に乗れば、一時間と掛からず岐阜の街に着いた（ように記憶する）。日曜日の目的は「国民酒場」めぐりだった。（めいめい配給券だったかを片手に握り？）行列を作って順番を待ち、ぐいっと呑み干すと、すぐさま走り出し、次の目標、至近の別の店を目指して、ひた走る。三軒もハシゴすると、酒量に全身運動が加わった勢いで、完全に酩酊し、大いに満足できた。

浪人二年を経て入学したぼくでさえ、終戦の年の三月が満はたちだったから、級友の大半は未成年のはずだが、工場に駆り出された学生の特権なのか、酒は公認された（だからこそ配給券なのだ）。それにタバコも（新入生だった五月、悪友らと教室で喫煙中を発見され短い「無期停学」を食らったが…動員先ではほったらかしだった）。

長良川沿いの岐阜の家々は真っ白な障子が美しかった。酒のあと、どこか裏町へと消えて童貞を喪う仲間もあった。召集令状のいわゆる「赤紙」が届いて、ぼくは八月の初め、ひっそり須ヶ口を去った。中央線で北軽井沢の米川家の別荘へとあいさつに向かった。途中、中津川の渓谷の清らかな流れに溜め息が出た（もう一度、あの青い流れを目にしたい）。

須ヶ口も名古屋も連日のように空襲に曝された。昼間の空襲時、田んぼの防空壕に独りで入っていたら、焼夷弾がすぐ近くに落ちた。出てから見ると、焼夷弾はぼっすりと泥に嵌ったままだった。別のとき、隣り合わせの寮に寝起きしていた長岡工業の生徒がひとり、直撃弾を肩から浴びて死んだ。

ノミやシラミだらけで寝起きした工員寮は、その夜の空襲で全焼した。

10

和氏より四歳上の弟がいた。大氏、本名は大助だ。六十歳を遙か手前にして、中咽頭ガンで先立った。江田島《えたじま》の海軍兵学校に入学したのが終戦の年、広島を通過して戻ってきたのだし、そのうえ原爆の閃光を遠望したと話していたから、そのせいで早く亡くなったのだと恨んでいる。

本郷弥生《やよい》町の生まれ、誕生の日の暗いわが家の産室の雰囲気をぼんやりながら覚えている。妹より後れて二年後の誕生だが、ぼくと同じ三月生まれで弟が十四日、ぼくが二十日、満四歳になろうとする直前の遠い記憶だ。

彼の商大（現一橋大学）の願書を出しに行ったのはぼくだ。ぼくが最後に一高を受けた同じ春、終戦の翌年である。長じてのちは、三月の前後の日付を適当に選んで、共同の誕生日を祝うことが多かった。

商大生となった大氏を、一高生のぼくは、なんどとなく国立に訪れた。彼が住んだ国立の学生寮は失火で焼けた。大助とデートの場所は駅の近くにあった喫茶店で、「アカシア」という名の店だった。そこでシャンソンのレコードを、飽きもせず繰り返し聴いた。

Parlez-moi d'amour

Redits-moi des choses tendres
Votre beau discours
Mon cœur n'est pas las de l'entendre

愛の話を聞かせて
優しい事をなんども言って
あなたの言うことなら
聞き飽きはしないから

リュシエンヌ・ボワイエであったか、彼女の甘い声に聴き惚れていた。曲名は「聴かせてよ愛の言葉を」と訳されている。同じ店で聴いた「巴里祭」のシャンソンもルネ・クレールの黒白の画面と共に忘れがたい。

A Paris dans chaque faubourg
Le soleil de chaque journée
Fait en quelque destinée
Eclore un rêve d'amour
Parmi la foule un amour se pose
Sur une âme de vingt ans
Pour elle tout se métamorphose

Tout est couleur de printemp

パリはどこの場末でも
まいにちのお日さまが
なにかしらの運命《さだめ》に
愛の夢を花ひらかせる
群集のあいだでひとつの愛が
はたちの魂の上にとりつく
その魂にとって、すべては変身する
何もかもが春の色に

たったいま、忘れがたい、と書いたくせに、歌の文句の正確な記憶はいくらかあやふやとなる。

大助は立川の米軍基地の通訳のアルバイトで暮らすうち、ぼくよりずっと早くに結婚し、そのため大学も中退した。初婚の彼女と住む大助の借家へ行ったこともある。その後、うっかりのガス中毒で意図せぬ夫婦心中を危うく免れた。そのうち、彼女は結核を患い、物静かな新妻は若くして亡くなった。

アメリカ留学中、いちど会いに行ったらと勧められ、立川勤務の大氏の元の上役夫妻宅に伺い、一泊したのは、インディアナの大学町をそう離れていない場所だったからであったと回想される。上役の将校はそのころ早くもトヨタを乗り回していた。

スワロフスキーというカットグラス製品の会社が、日本の方々でお店を構えている。大助はそこの「アジア総本店」の最高責任者を務めるうちに死んだ。死去の前年の秋、ウィーンにあるスワロフスキー本社の社長が来日して、アジア総本店開設十周年の盛大な記念パーティーが開かれ、ぼくら夫婦も招かれた。現地から派遣された吹奏楽隊の演奏まであった。大助が五分間ほどの短なスピーチをした。原稿なしの見事な英語だった。ひとつだけ、ぼくの知らない単語が使われた。東京のホテルの吹き抜けにたかだかと吊されている華麗なシャンデリヤは、そのころの流行で、たいていが弟とヤマギワ電器の売り込みであったらしい。スワロフスキーの初代は、ポーランド人である。

その年の暮れ、会社の持つ韮山の静養所にぼくらを呼んで、正月を一緒に迎えた。あの日々、大氏は妙に口数が少なく、不機嫌に見えた。「富士山がきれいよ、大助さん」と家内に呼ばれ、並んで霊峰を眺めるあいだも、大助は感想を洩らすことなく、黙ったきりだった。東京への帰りは車で送ってくれた。帰路もあまり物を言わず、越路吹雪《こしじふぶき》のテープを流しつづけていた。越路の歌をあまり賞味しないぼくだが、そのことは黙っていた。

大助は八四年四月一日、お茶の水の病院で苦しみながら死んだ。五十五歳を迎えた直後の死去である。とつぜんとぼくらには思われたが、会社のパーティーに呼んだのも、静養所で過ごしたのも、死を前にしての大助流儀のあいさつであったと悟った。

誕生日を共に祝う誘いは、二度ともうこない。

11

幼いぼくが聞き覚えたのは、ビゼーの「カルメン」であったようだ。「兵士の歌」というのか、「トーレアドル」と歌うあの景気の良いメロディーが、波打つように耳底《じてい》に聞こえてくる。いくどもいくどでも、恒ちゃんと鳴らしたレコードのせいだ。

手回しの大きな蓄音機も、レコードも、おやじのドイツ留学の名残だ。大型の乾板式カメラ、タイプライターと共に船荷に積んでヨーロッパから運ばれてきた。ドイツ製の音盤のなかには、片面だけしかない古臭くて重いのも交じっていた。

父親はドイツに入国するなり、手持ちの外貨をすぐさまマルク貨と交換してしまったとかで、ドイツ国民と共に猛烈なインフレの波にもみくちゃにされお蔭で大損をした――とは母親（東京で留守を守った）のこぼし話のひとつだ。

そんななかでも、父はオペラに熱中したと思われる。レコードには「ローエングリン」などワグナーもあったはずだが、ぼくのワグナー嫌いは、このころ、すでに始まっていたのだろう。

「このなかには」と、ある日、恒氏は蓄音機を指して、ぼくに教えた――「こびとがいっぱい住んでいるんだぞ」。次兄の説明を、幼かったぼくは当分の間そのまま信じた。

12

雪の降る夜は楽しいペチカ
ペチカ、燃えろよ、お話しましょ
昔、昔よ　燃えろよペチカ

大連当時のぼくの耳にあの歌を聞かせてくれたのは、姉たちだろうか。それとも、わが家に永年、〈女中〉さんとして働いた「チーチーボウ」だったのかも知れない。「チーチーボウ」は口の回らぬぼくらが付けた呼び名で、正確には「しずこ」さんであったと、晩年の洲氏から聞いた。歌の上手な娘さんであったとも（詩集『不良少年』に「チーチーボウの歌」がある）。

北原白秋は満洲にまつわる童謡を数多く遺したありがたい詩人だ。「ピーヒャラピーヒャラ　ジャンジャラジャン／ピーヒャラ、ピーヒャラ、ジャンジャラジャン高脚《たかあし》踊りはジャンジャラジャンのジャン…」の大陸の祭り風景もあれば、中国の故事「守株」を歌にした「ある日、せっせと野良稼ぎ／そこへうさぎが跳んで出て／ころりころがる木の根っこ」とか。あれらの歌は、満鉄（南満洲鐵道株式會社）が、白秋を招待して書いてもらった作品群かと思われるが、実情は調べていない。奉天の小学校指定の教科書『満洲唱歌集』には、白秋作品がいくつも載っていた（白秋が満鉄の招きで四十余日間の満洲および蒙古（モンゴル）の旅に赴いたのは、昭和五年二月末である。安藤元雄編『北原白秋詩集』岩波文庫版による）。

幼少の記憶に染みついた歌の数々を探っていたら、こんなナンセンス・ソングが、ひょっこり飛び出してきたので、書き留めておく。

シーナの子、シーナの子
大きくなってもシーナの子
ちいさくなってもシーナの子

差別意識が濃厚と取られては困るのだが、子どもごころに免じてお許しを願いたい。しかも、よくできたナンセンス・ソングだと思う。これがだれの作なのか、ぼくは知らない。もしかすると、わが家のオリジナルか――。そんなことはあり得ない。だれでも知る（と思われる）ポピュラーな中国風メロディーに乗せて歌った。ソ、ソ、ファ、ド、ミ、ソ、シ、ファ、ド、ミ…（これは怪しい）。

13

蒙古あらしの吹き絶えて
杏の花の咲くところ
青き美空に春は揺れ
光は躍る満洲に
大地を割りて
萌えいづる若き命を
君、見ずや

奉天千代田小学校の一年置きの同窓会では、好んでこの歌が合唱される（ぼくらの在学中に校歌はまだなかった）。全満洲春期体育大会の歌と題したのではなかったか。この歌を思い出すと、満洲っ子の胸が躍り出す。

満洲に桜は咲かない。忠霊塔の境内に咲くのは杏の白い花である。その花に先立って、冷え切った枯れ草の大地から、新しい芽が青々と顔を覗かせる日がどんなにか待ち遠しかったか。その発見のときめきと、この唱歌とはまっすぐに繋がっている。

うちで働いていた女中さん（姑娘《クーニャン》）が、この歌をシナ語で歌ったのを覚えている。彼女らにとっても、これは春の歌であったのだ。思えば、「日満一体」が叫ばれた時代の名残だ。

14

堀内敬三という天才がいた。訳詩の名手である。西洋歌曲集のような本を古本屋で見付けたら、ぜひ買うと良い。そこらじゅうの歌に、堀内敬三の名が見つかること間違いなし。

慣れし故郷、放たれて
夢に楽土、求めたり

は堀内訳だったか。女学生時代、しきりに姉たちの歌ったこの「流浪の民」も、ぼくの頭に染みついている。「放たれて」と口ずさみながら「洟垂《はな》れて」と思ってしまうことにも変わりがない。ドイツ語・英語・イタリア語・フランス語――縦横無尽に訳詩を付けた（ようである）。浅田飴本舗経営の一家の生まれと聞いたが、あの人を覚えている人が死に絶えたにしても、この天才を研究しようとする人さえいないのは、どうしたことか（手元の大百科事典にお名前はなく、訳詞（家）の項目さえもない。現在、訳詞家として忘れがたいのは、岩谷時子さんだが、ほかにはどなたがいるのだろう）。

Longtemps, lomgtemps après que les poètes ont disparus
Leurs chansons courent encore dans les rues

「詩人らが消えて、遠く時代は過ぎても／あの人らの歌はいまも街を流れ過ぎる」。（またも、当てずっぽに書くが「泉に沿いて繁る菩提樹」も「アニーローリー」も、その他、その他も、すべてが堀内敬三訳だったと思う。シューベルトの歌曲など、当時、朝鮮語には堀内訳から重訳されたとしても、不思議はない）。さっそく訂正――シューマンの「流浪の民」は、石倉小三郎の訳詩。堀内敬三ではない。

15

蛍の光、窓の雪
文、読む月日、重ねつつ
いつしか年も杉の戸を
明けてぞ、けさは別れゆく

ワルシャワ大学で日本語を教えたころ、ある日、思いついて「蛍の光」の歌詞をまず黒板に書いた。（「思いついて」はいつものことで、決まった教科書がないから、打ち明ければ、授業は常に「思い付き」のハプニングだった）。

蛍の明かり、窓の雪明かりを頼りに、刻苦奮励する勉強家の故事を学生に説明し、「杉の戸を」が「過ぎて遠く」の意味で掛詞になっていると基本用語の解明が終わって、さて、これは英語の Auld Lang Syne の節で歌う卒業式の歌ですと顔を見回しても、ぽかんとした顔ばかり。独りだけ「スコットランドの曲ですね」と受けた歌好きのエヴァさんに救われた。教室の学生は二十人に近かったはず。

日本全国の、パチンコ屋さん（と限らぬ）が、閉店の知らせに毎夜、流すあの曲は例外的なポーランド人にしか知られていない。これには驚きもし、呆れもした。日本でならだれもが知るフォスター・メロディーも「ポーランド人はほとんど知りません」とエヴァさんが言った。

最初は一八八一年、「蛍」の題で文部省音楽取調掛編『小學唱歌集初編』に採用と百科事典にある。由来は極めて遠い。「日本民謡と同じ5音音階からなり、親しみやすい」と同じ事典は書く。

ポーランドに伝わらずに終わった事情も、探ればいろいろとあるのだろう。われわれの知らぬままにきてしまった世界的な歌はないのか——気になるところだ（例えば第二次世界大戦の過程でヨーロッパ中に知られていた「リリー・マルレーン」の歌が日本で知られるには戦後数十年を要した）。歌と言わず、根本的な常識のようなものさえも、無視してはいないだろうか——さらに気に懸かる。

「ポーランドの音楽教育はかなり貧しいのです。とくに初等教育は」——滞在末期、知り合った作曲家のS教授が、ぼくに話した。そうなのか——音楽の国という思いこみを、ふっ飛ばしかねない言葉だった。

16

日本は現在も軍国主義だと近隣国は思いこんでいるらしい。絶対に謬見である。軍国主義とはどんなものか。例えば、朝っぱらからラジオを掛けても、新聞を読んでも、軍だ、進撃だ、勝利だ、軍紀だ、帝国万歳だと喚き立て、アナウンサーまでが軍部に成り代わって、偉そうにお説教を垂れる。

道を歩けばお巡りさんまでが、われわれ下賤の者ども、（せいぜいが「国民」ないしは「臣民」で〈市民〉はどこにもいない）を見張り、睨みつけ、軍人・兵隊が、やくざみたいに肩で風切る――そんな社会、それが軍国主義だ。

そんな時代となっても、ご免だ、お断りだの文句は、どこからも聞こえないし、聞こえても耳を傾けてはもらえない。異論を唱える不埒者は投獄されかねない。植木等の父親（日蓮宗の僧侶）は反戦を唱えて獄中生活を送った人だと知った（〇七年四月八日）。若者はどしどしと兵隊に採られ、戦場に送りこまれ、しかもそれが「国民の栄光ある義務」とされる。たまったぁもんじゃない、逃げ出したい。

＊

「適切に判断」すると、小声で言い張るなんとかいう名前の政府のおえらいさんが独りいるだけで、軍国主義呼ばわりは止めにしてほしい。幸い、なんとかさんは決して毛澤東主席じゃない。「わしに見習わないやつは非国民だ」との豪語は決して吐かなかった――。そんな軍国なら逃げ出したい、たまったもんじゃない、ご免被ると、言いたい限りを、いまでこそ、だれだって大声で言える日本国なのだ。言論の自由があればこそである。莫迦言っちゃ困る。歴史をうんぬんするが、現在もまた〈歴史〉の一部分ではないか。

なんとか首相はいつも繰りかえしたっけ――「備えあれば憂いなし」――莫迦もいい加減にしろと叫びたい。そいつは、空襲に備えるための標語に使われた戦前ないし戦時の文句だぞ、と息巻いて、「あれがいけない」とひとつだけ気が付いた。戦前に用いられた用語「非常時」を誤用する向きも少なくない。説明すれば、非常時とは、戦争準備時期の掛け声であった。「戦時」はあくまで戦時であって、非常時ではない。突発事件に対して使う「非常事態」と「非常時」とは、全くの別物である。

またしても、パチンコ屋だ。連日連夜、パチンコ屋の流す「軍艦マーチ」を辞めれば周囲の国はほっとするかのかも知れない。あの射幸心ないし闘争心をしきりと煽る曲には、君が代の調べも潜ませてあるうえに、ほとんどの皆さんは覚えていないだろうが、何よりも好戦的な歌詞が沈黙のうちに流されているのだ（近隣国の人は忘れていない？）。

守るも攻めるもくろがねの
浮かべる城ぞ、頼みなる
浮かべるその城、日の本の
祖国《みくに》の四方《よも》を守るべし

なんとも、ごつい。だが待った、「好戦的」は言い過ぎだった。よく読めば、守りに徹した〝自衛〟の姿勢を護持するかのようにも聞ける。子どもたちは、「じゃんじゃん、じゃがいも、さつまいも」の替え歌を、ここから作り上げたものだが……。

ともあれ、考え直せば、「軍艦マーチ」を禁止に追いこんだところで、事態は収まるものではなさそうだ。日本の国名を「大日本帝国」といいまも思いこみ、「しゃおりーべん」（小日本）なる罵りの発音に快哉を覚え、平和憲法・戦争放棄のわれわれの決意を揺るがすことさえも、目途するかのような当局者の強硬な態度は（それが日本の改憲派を動かしがちにも拘わらず）

引っこむまい。
「歴史無視」というなら、そちらにも落ち度はありませんか。だいいち、「軍艦マーチ」を禁止に追いこむような体制こそ、軍国的ではないか。パチンコ屋の関心は、客の「戦意昂揚」、つまり、景気の盛り上がり、収入増にしかないのだから…。

＊

人民三千万、人民三千万　増加十倍、也得自由（「満洲国国歌」）

という歌詞があった。これと、新中国の

没有共産党、没有新中国

――の歌詞を比べて、どちらが民主的か。
念のため、歌詞の字解きをすれば、前者は「いまは人口三千万だが、これが十倍に増えたって、自由にやってゆける」（鄭孝胥作詞）だが、後者は「共産党なしに、新中国は存在しないよ」である。どちらが民主的か、理想的か、国家にふさわしいか――中国の古典をしらみ潰しに探ることを、お薦めしたい。答えは必ずどこかに見つかる。

17

〽つねりゃ　むらさき

かみつきゃ　赤よ
紅《べに》できたえた　この軀《からだ》

都々逸《どどいつ》というのか、なんとも粋で艶《あで》やかな唄である。紅灯の巷、芸者さんから口づてで馴染んだ唄ではない。ふたりの故人の口から、別々の折に聞かされた。

一人目は米川正夫先生。終戦の翌年の春かと思う。「どこか気の利いた宿はないかしらね。あったら米川を案内してやってちょうだい」。ぼくの最初のロシア語教師、翻訳家で知られた大先生の夫人、丹佳子（この表記にはいろいろ変遷があったが、ぼくはこちらに馴染みを覚える）さんから、そう言われた。「ちかごろ、米川は元気がないみたいなの」と言い足したかもしれない。

〽つねりゃ　むらさき
かみつきゃ　赤よ
紅できたえた　この軀

三味線なしに歌い終わると、先生は「工藤くん、通訳してやってくれたまえ」と気軽に仰る。所は、ぼくの案内で赴いた韮山の宿のお座敷、酒席には三、四人のアメリカ軍将校がなぜか控えている。

「こちらは、ロシア語の大家でドストイエフスキーなど何十冊となく訳しておられるかたで、ぼくの教授です」と先生の紹介は、すでに済ませてあっただろう。前置きも、解説も抜きで、歌い出されたこんな〈高級な文学〉が、その場ですらすらと英語になるとは、もちろん先生の期待なさったはずはない。

こちらは二十一歳の若造だ。いまだって、どう訳したらよいか、皆目、見当も付かない。白い女体がくねくねとする花柳界の光景を未だに知らないのだから、無理もない。先生の命令に唯々諾々と従いはしたが、どう訳したか、なんの覚えもない。ましてドストイエフスキーさえ、ろくに知らないらしい米軍の若い将校にどこまで通じたか。極めて疑わしい。

＊

一九六八年三月八日夜、ポーランド駐在大使館の一等書記官、N氏が任地ワルシャワのわが家にやってきた。歌い聞かせたふたりめが、この人。雑談の末に酒が出て、一杯機嫌のNさんの口三味線の前置きがあって、おもむろに流れてきたのが、

〽つねりゃ　むらさき
かみつきゃ　赤よ
紅できたえた　この軀

であった。歌い終わったとたん、「ちゅうのはどうだ」とNさんは、愛嬌のあるおまけの文句を入れた。ぼくらは拍手で応じた。その二十二年前の米川先生が歌われた同じ唄と気付くには、それから数日かかったと思う。Nさんは、その後、一、二年経ってから、任地が沖縄に替わり、そこで病死なさった。

日付に掲げた三月八日は、昼休みから午後にかけて、ワルシャワ大学で歴史的な騒ぎ（「三月事件」と呼ぶ）のあった日付である。Nさんとは、その晩も、その後も、なんどかわが家で呑んだのだが、八日の事件の様子を逐一、報告するぼくの話を聞いて、大満足したあの深夜が、Nさんの口からひょいと歌い出されるのに似合っている（ポーランド民主化のさきがけ。「三月事件」については拙著『ワルシャワの七年』参照）。

18

毎朝、起き出す前に子ども相手におやじの歌った唄がある。

からかんご／からかんご
……の乗った、からかんご
江戸みたか、京みたか

……の部分には、子どもの名がくる。仰向けに蒲団に寝ている父親の足の裏に乗せられた子どもは、高くなったり、右左に曲がったりする足裏につれて、ゆらゆらと揺れながら、二度、三度と繰り返すその歌を聞いている。お終いに、ぽんと遠くへ落とされた——そんな感覚が残る。

はっきりしているのは、あれは中野上町《かみまち》一番地の二階の寝所だった。すると、恒ちゃんが三、四年生、ぼくが二、三年生のことになる。眠気覚ましのいい運動だった。長姉・次姉・長兄も、ちいさいころ、順々に、乗せられたに相違ない。

「からかんご」は、たぶん「空の駕籠」のことだろう。思うに、石狩の漁場育ちの父の四人兄弟も、幼いあいだ、寝床の上で自分たちの父親の「からかんご」に揺すられて、大きくなったのだ。恐らく、それを懐かしがっての朝のひととき、父は子どもを相手にあののどかな遊びを伝授してくれたに違いない。
子どもの耳に、江戸はともかく、京が「けふ」ではなく、京都の意味と理解できていたとは思えない。駕籠の乗りごこちは悪くなかった。

からかんご／からかんご
……の乗った、からかんご
江戸みたか、京みたか

覚えている限り、子どものいる前で、父の歌った節は、もうひとつ「まーるくなあれ、たまごになあれ、一、二、三」で、これは起き上がる直前に歌われる。ぼくらは蒲団の下で軀を丸くした。父の発音では「まーるく」ではなく、「まーろく」だった。

「辞めたまえ、*教育上、よろしくない」と父が母親に注意した唄は、こんな唄だった。

すっととん、すっととんと、通はせて
いまさら、嫌とは胴欲《どうよく》な
嫌なら、嫌と、最初から

言へば、すっととんと、通はせぬ

ぼくの息子たちは、寝床の上での「高い高い」の記憶はあるだろうが、気の毒ながら、「からかんご」も「丸くなれ」の幸せを知らない。

　ここまで読む人からはいい父親と誤解されそうだ。実はおやじは親しめる人ではなかった。親父にはぼくらに聞かせるような愛唱歌はひとつもなかった。口かず少なく気難しい男だった。父の出張中は、家じゅうがほっと一息吐《つ》けた。

　おふくろの口からなんども聴いた音頭の文句が佳かった。

あぎたのみなどさ、アメリカきだどて
つぃども、おがなくねぇ

日米戦争とは無関係で、秋田音頭とか甚句とかの一節らしい。このアメリカは、幕末のアメリカを指す。秋田に蒸気船が何隻押し寄せてきたって、ちっとも怖くあるもんか——と威張っていて、景気がいい。原卓也の父親、久《ひさ》一郎氏は秋田の出身で、一度、なにかの折に文句こそ多少違ったが、生前に卓也君が歌ってくれたことがある。

19

好花不常開　好景不常在
愁堆解笑眉　涙酒相思帯

今宵離別後　何日君再来
喝完了這杯　請進点小菜
人生難得幾回酔　不歓更何待
来来来喝完了這杯再説罷
今宵離別後　何日君再来

美しい花もやがて散る　美景にしても同じこと
今夜、別れたら、いつになったら会えますか
その盃を空けたら、何か小料理を出しましょう
いらっしゃいよ　これ呑んだらまたおしゃべりね
人生って、そう幾度も会えないものね
今夜、別れたら、いつになったら会えるかしら

李香蘭小姐（奉天出身、山口淑子）が吹きこんだ名歌のひとつ。ぼくのなかでは、小説家の中薗英助、それと朝日新聞の外報部記者だった佐久間穆《ぼく》のふたりが、この哀切な別れの歌の響きと共に立ち上がる。両人ともこの世にいない。

中薗さんとは一九六五年秋、ワルシャワ旅行に同行した。島尾敏雄も一緒であった。上海の同文書院で学び、青春を過ごした北京の街を、戦後、何年もしてから中薗は再訪している。この歌の成立当時を知る中薗は、若かった作詞者も作曲者も、それぞれ不幸のうちに死んだと、その悲哀の報告を再訪から帰国後の小説で書いていた。彼によれば、「何日君再来」の

〈君〉とは、同音に発音される〈軍〉を暗示したもので、蒋介石の軍隊が、いわゆる解放区から戻る日を待つ民衆の気持ちを代弁したという。それならば、シャンソン「待ちましょう」の

J'attendrai le jour et la nuit
J'attendrai toujours ton retour

に隠された思いが、ドゴール将軍の帰還とその勇戦であったのと、そっくり似ている。

「待っています、昼も夜も／いつまでも待つわ、あんたのお帰りを」と。

何かの折に、中薗もぼくの前でこの「何日…」を歌うのを聞いたが、佐久間とぼくが声を合わせて歌った記憶は確かだ。上海生まれ、北京育ち、大学は中国文学科に行った佐久間とは、一高時代から付き合った仲だ。

寮生活で始まった交流は、ぼくのワルシャワ時代にも、穆のいたボンとのあいだで絶えなかった。彼のために弔辞を読まされる巡り合わせも、ぼくの詩集に収めた「S夫妻の海上散骨の日」と副題のあるいちばん長い作品、「城ヶ島にて」の挽歌についても、佐久間は知る由もない。中国語の得意な穆と中国旅行に出掛けたかったとちかごろしきりに憶う（詩集『不良少年』に収録）。

あとひとり、鄧麗君の愛らしい声も聞こえてくる。帰国の年であれば一九七五年、ポーランド船の寄港先、シンガポールの道ばたで彼女のそのテープを買ったとき、テレサ・テンが人気者になるとは予期しなかった。同じ売り手からＡＢＢＡのことも教わった。麗君のテ

ープには思いも懸けず、日本語で歌う「裏町人生」が交じっていた。小学校六年生当時、級友小石澤義男君宅のレコードで習い覚えた暗い歌だ。早死にした、可哀そうなあのテレサ。そして、もはや、だれひとり戻ってはこない。

今宵離別後　何日君再来

20

わが輩は村じゅうでいちばん
モボだと言われた男
うぬぼれのぼせて得意顔
東京は銀座へと出た

そもそもその時のスタイル
赤シャツに真っ赤なネクタイ
山高シャッポにロイドめがね
だぶだぶのセーラーのズボン

ある日、ワルシャワのラジオ放送から、同じメロディーが流れてきてびっくりした。そのうえ、驚いたことに、歌はポーランド語で歌われているのに、自嘲気味な歌詞と言い、投げやりに歌うその調子と言い、古川ロッパ（緑波）か、エノケン（榎本健一）そっくりそのままに聞こえたのだった。

滞在末期に近い七四年だったから、「蛍の光」など世界の流行音楽に背を向けたポーランドと諦めかけていたぼくを、一方で仰天もさせ、他方では、決して捨てたものではないと反省を強いられる〈事件〉であった。以後、同じ歌を耳にしたことは、一度とてない。

さて、原曲や原詩に由来について、無知のまま書き継ぐ。あくまでもぼくの想像だと、たぶん、この歌は世界中にヒットした評判の〈活動写真〉（「映画」という気取った命名は少し後れる）が欧米各国へと流れ、日本へも飛び火したものと推察される。右の歌に出てくる〈モダンボーイ〉から生まれた「モボ」という略語は、一説によれば、大家壮一の発明とどこかで読んだ常識だが、〈モダンボーイ〉自体がひょっとしたらアメリカ産の流行語なのか。

アメリカ製トーキーの最初は一九二七年、昭和二年に当たる。本歌《もとうた》は果たしてなんだったのか、どのくらいのかずの国々で訳され、歌われたのか。日本語の訳詞はまさか堀内敬三ではなかろうが、「キートンのモダン・ボーイ」というようなトーキー作品がありそうなものだ。同時代性を考えるうえでひとつのヒントを提供している歌でさえあると愚考する。各国語で工夫され、流行したに違いない歌詞の原語を集めて眺めてみたいものだ。

＊

同時代性と書いて、思い出す。マーロン・ブランド主演、アル・パチーノ助演の大作「ゴッドファーザー」はアメリカでの封印からさして時を置かず、ポーランドでも上映された。党がやや開明的な対策に転じたお蔭だった。それに反して、新鮮な歌と踊りで一時、世界を席巻したかの米画「ウエストサイド・ストーリー」は、なんと上映まで十二年もかかった。

「ゴッドファーザー」に後れての上映なのだ。

プエルトリコ人と対立するポーランド系不良少年団の物語と知って、十二年もの間、体制の検閲当局から敬遠されたらしい。それが共産党支配の情けなさだ。お洒落好きなポーランド人の若者たちは、彼らの焦りに冷淡すぎる当局のせいで、歌と踊りの分野で世界の流行に後れを取った。彼らは、地団駄を踏んだことだろう。分かり切った話だが、文化の流れは、決して国家権力によって堰き止めるべきではない。

21

ポーランドご自慢の「マゾフシェ」という歌と踊りの女性歌舞団がある。「森へ行きましょ、あの森へ。ラララ、娘さん…」とコマーシャルソングにまで登場するようになったのは、この「マゾフシェ」のお蔭である。創価学会系音楽団体からのご贔屓も強いと見受ける。

訪日、二、三度目、八〇年代の初めであったか、東京で「マゾフシェ」を聴きに出掛けた。数々のポーランド民謡がフィナーレとなり、「アンコール!」の声に応えて聴衆へのサービスに「春、高楼の…」合唱でその晩の公演は締め括られた。

春、高楼の花の宴《えん》、
巡る杯《さかづき》、影さして
千代の松が枝《え》、分け出《いで》し
昔の光いまいづこ

（土井晩翠作詞、瀧廉太郎作曲）

完璧と言ってよい日本語で歌われ、感動を呼ぶ見事な最後の合唱は大きい拍手で迎えられた。なぜか、指揮者とは顔見知りであったから、終演後に楽屋へ夫婦であいさつに行った。

「ところで、あの歌の日本語は、いつ、だれの手ほどきを受けたのですか」称賛の言葉のお終いに、ぼくは敢えて質問した。だれか留学生の名前が出るのではないかと予期しながら……。

指揮者はやや訝《いぶか》る風情で、即座に答えた。「クドーご夫妻のお蔭ですよ。お忘れでしたか」。

「えっ。ほんとうに？」

言われて初めて、反射的に思い出した――練習所を兼ねるワルシャワ郊外の「マゾフシェ」劇団合宿所に、夫婦で訪れた十年ほど前のある午後のことを。少なくとも、たっぷり一時間を掛けて、この歌の歌唱指導をやったのだ。

「そうですか、あっ、そうでしたね」選りすぐりの眩しいほどの美女たちを相手に、生まれて初めての歌の指導をやったお返しを、ぼくらは東京公演で頂戴したという次第なのだ。

＊

一九六八年、ポーランドは「反ユダヤ人」騒ぎに沸き立っていた。国中を揺るがせていたといっても誇張ではない。全国が異常な緊張に包まれた苦々《にがにが》しい数ヵ月であった。振り返れば、共産主義ポーランドの失調は、あのときに始まったと言える。ゴムウカ時代末期である。ユダヤ人いじめは、前述の「三月事件」の学生運動の背後にユダヤ人子弟が多かったという政府内部による一種の挑発がきっかけだった。ゴムウカ自身、夫人はユダヤ系であったが……。

「マゾフシェ」を主宰するミラ女史から電話のあったのが、そのころのある日だった。その数年前の日本公演が「完全な失敗」fiascoであったと、ポーランドの一部の新聞に中傷を書き立てられ、それに憤慨した女史が、数日後にはわが家にやってきた。日本人の確かな「証言」がほしかったのだ。

いま思うと、女史は恐らくユダヤ系で、そのせいで浴びせられた悪意の筆誅だったのだろう。ぼくらの「マゾフシェ」村訪問は、あの日の訪問時に依頼されたと思われる。

ポーランド大百科によると、タデウシュ・シゲティンスキSygietyński, Tadeusz（一八九六～一九五五）が「マゾフシェ」を創設したのは、四九年、それ以前にも以後にも、ポーランド各地の民謡を掘り起こした功績が大きい。死後、歌舞団は夫人のミラ・ジミンスカMira Zimińska さんが引き継いだ。

タデウシュの父、アントニ・シゲティンスキ（一八五〇～一九二三）はフランス文学研究家で小説も書いた。タデウシュはワルシャワの音楽学校を出たのち、ライプチッヒで音楽を続け、のちパリに出て美学を学んだ。現代のバイオリン奏者のシゲティ（一八九二～一九七三）と関係はないが、同じハンガリー系の苗字と思われる。ハンガリー語のシゲティは〈島〉を意味する。

ミラさんも、すでに亡くなられた。

*

「新しい歌が覚えられるのは、せいぜい三十代半ばまでですかね」。先日、ある会合で訊ねたら「ぼくなんかも学生時代にやたらと覚えたあとその後は、どうも…」とロシア語の歌の達人、伊東一郎さん（早稲田大学教授、二期会と関係が深い）の返事だった。物凄い数のレパートリーを持つ伊東さんですら、そうと聞いてびっくりした。（皆さん、新しい歌が歌えるのは、若さの特権ですよ）。

Le cigale ayant chanté tout l'été
Se trouva fort éprouvu,
Quant l'hiver fût venu.

これは歌ではない。「夏中、鳴いてたキリギリスは／冬がきて、はたと困った」という例のイソップの寓話を韻文に書き直したラフォンテーヌの一節だ。キリギリスに代わって、セミが主人公。アテネ・フランセに通っていた二十代半ば、暗誦させられた名残である。日本の詩も若いあいだにしっかりと覚えこむことだ。好きな短歌も俳句も同様に。そうすれば、のちのち歌や詩や和歌の記憶が、過ぎ去った遠い年月をあなたに蘇らせるだろう。

22

フランス映画「望郷」を有楽町の映画館まで観に行ったのは一昨々年のことだ。ぼくの帰国後、間もなくNHKから放映されたので観た覚えがある。そのとき、中学校の同窓で、在学当時にこっそり観た（エノケンものなど、学校公認の活動写真のみが許された）と自慢していたW君（歯科医となった）を思い出し、事前に電話した。中学生時代のW君は「望郷」と呼ばず、洒落て原題の Pépé le Moko を使った。製作は一九三七年と事典にある。ジャン・ギャバン主演、デュビビエ監督、アルジェリアが舞台である。

有楽座では上映が終わってから、「巴里祭」、「巴里の屋根の下」など往年のシャンソンを大きな音で流し始め、立ち去りがたく陶然に近い思いでしばらくのあいだ聴き入った。

帰途、思いついて成城駅そばにあるプレイガイドに珍しく立ち寄った。すると、さきほどの有楽座そのままのシャンソンが偶然に鳴っていた。モスクワ藝術座の「三人姉妹」の切符を買ってから、経営者のおばさんとシャンソンのことで立ち話となった。

お終いに「芦野宏先生がときどきお見えになりますよ」とおばさんが言った。「あっ、芦野さんは、成城にお住まいですか」とぼく。「ええ、そうですよ」との返事。

浪人学校にいたころ、芦野君とは夜間部で一緒だったことがある。以来、一度も会ってはいない。彼は一年、浪人して上野の音楽学校に入った。物静かな秀才であった。後輩を育てる傍ら、シャンソン博物館の館長をしている。

23

По диким степям забайкалья
Где золото роют в горах

バイカルを越えた先の荒れ野
金鉱を掘り進む山間《やまあい》を

これは戦後、初の劇映画「シベリヤ物語」で日本人の馴染みとなった歌の出だしだ。のちに歌声喫茶が大流行すると、この歌は人気のトップを占めたこともあるらしい。歌の続きは「浮浪人は運命を呪いながら／荷袋を肩にとぼとぼと歩む」となる。

シベリヤがいわゆるラーゲリ（強制収容所）の一大ネットワークを抱えていたことは、帝政時代にもソビエト時代にも共通する常識だ。スターリン時代に至って、それは拡大の一途を辿る。にも拘わらず、戦後、間もないあの当時、この歌を前面に押し出した映画が作られた意味は何なのか。ぼくはいつも首を傾げている。

シベリヤにまつわるこの哀歌誕生の由来を、ぼくは知らない。流刑囚のあいだから生まれ、土地の歌として、おそらく十九世紀のなかごろに、広まったのだろうと推測する。恨みのこもる歌詞だし、嘆きの調べである。ソビエト好みの明るさは影もない。建設の喜びも、未来への希望も、ひとかけらさえない。身内に流刑者を抱えていたロシアその他の民族は、あの歌に落涙したのではないか。暗さに沈み切った歌が、名画と言ってよい「シベリヤ物語」に、検閲万能の厳しい体制下、どうして登場できたのか。大げさに書くと、これは永遠のなぞだ。

勘ぐれば、監督ミハイル・ロム（ユダヤ系の苗字と思われる）の巧みな遊泳術に監督官庁が遂に屈服したかぐらいしか、背後事情として思いつかない。

その後、何十年も経ってから、外国人相手の売笑婦を扱った風変わりなソビエト映画で、同じこの歌が、繰り返し流されたことがある。その監督の名は忘れたが、「シベリヤ物語」製作当時に、助監督としてロムと一緒に仕事した光栄の青年時代を持ったことが突き止められた。歌はその映画の中身にそぐわなかった。彼にとっても、ただただ忘れがたい歌なのだろう（この話は上映の直後、河出書房新社の「文藝」掲載の見開きエッセイに書いた）。

24

春の隅田のつばくろたちに
見せてやりたい東京を
生まれ替って新しい
夢と家との東京を
嬉しいな、嬉しいな
東京が復興で嬉しいな

このあとに、「ピッピピッカリコ／ピッピピッカリコ」と繰り返し文句がついたのは確かだ。ただし、昭和何年の歌か、調べが付かない。ご大典のお祝い（昭和三年）と同様、震災から復興の記念日とあれば、市電はまたも恒例の〈花電車〉を華やかに繰り出したはずだ。「夢と家との東京」と書いたが、この部分は「つばくろたち」か、それとも「つばくろども」かも含めて、あやふやだ。わが家にあったレコードで覚えたはず。

賑やかに飾られた〈花電車〉――昔、懐かしい行事について、百科事典は沈黙である。めでたい事のあるたびに、そんなものが走った時代がある。市民を沸かせた〈花電車〉は、戦前までで打ち切られた。

＊

「ツェッペリン伯号」と呼ばれた飛行船の飛来は、事典では一九二八年だ。ぼくの記憶のなかでは、その夏、松島上空をゆっくりと飛んでいく飛行船の姿がある。その前年か、何かの折に大連で〈父の背中〉に負ぶさったか、肩車してもらった感覚が最初の記憶だとすれば、松島のツェッペリンはそれに次ぐが、記憶の頼りなさは遙かに少ない。計算すると、三歳と四、五ヵ月のころ、遠く幼いが、最も確かな思い出なのだ。この夏、祖父は長い白髯を垂れていた。大連を引き揚げた一家は、その年、避暑先に松島を選んだのだ。夜、眠りに落ちながら小舟に揺られた感覚も残っている。翌年、祖父が死ぬ。

25

初めて歌詞を覚えたロシアの歌は、「カチューシャ」だ。一高のロシア語クラスで同級だった山本思外里《しげり》君が、シベリヤ抑留から戻ったお兄さんに教わり、ぼくらに伝えた。

Расцветали яблони и груши
Поплыли туманы над рекой
Выходила на берег Катюша
На высокий берег на крутой

リンゴとナシの花盛り
濃い雨霧が川の上を流れた
川岸へ現れたのはカチューシャ
高く険しい川べりに

「リンゴの花ほころび／川面に霞立ち／君なき里にも／春は忍びよりぬ…」の日本語はそのあとに生まれた。北満の国境地帯、孫呉に兵士として送られ、終戦と共に同じシベリヤに抑留されたぼくの長兄、張雄氏から〈歌の土産〉はなかった。

＊

Широка страна моя родная
Много в ней лесов лодей и рек
Я другой такой страны не знаю
Где так вольно дышит человек

わが祖国は広々としている
そこには森も川も数知れない
ぼくは他に知らない
こんなに思いのままに息のつける国を

この曲「祖国の歌」は永年、モスクワ放送局のシグナルとして流されていた（のち「モスクワ郊外の夜」へと切り替わる）。訳詞は「果てしなく続く大地…」であった。

悶着を付けたくなるのは、三〜四行だ。「ぼくはほかに知らない／こんなに自由に呼吸できる国を」が直訳。これこそ、大嘘ではないか。何百万もの人がラーゲリに閉じこめられ、総計して二千万人が非業の死に追いやられ、監視と密告とでがんじがらめのスターリン体制の下で、いったい、だれがのうのうと息が吐けたというのか。

共に有名だった作詞家も作曲家も、その名は忘れたが、ぬけぬけと大ボラを強要された彼らの苦境に同情はしても、何十年となく〈自由の国〉を自慢し続けた歌詞の罪は消えない。

26

帰国（七五年三月）して間もなく、アメリカ住まいの末弟、和雄から録音テープが送られてきた。KAZ KUDO AT CARNEGIE HALL の文字が堂々と貼られている。「ほほう…、だが、まさか」。

テープを回すと、まず拍手が賑やかに迎え、バンドの演奏に続いて、和氏の美声が歌い出した（目下、そのテープが行方不明だから、中身の確認はできない）。休憩を置いて、何曲か歌い、会場が盛り上がり、すべて英語の独唱は終わった。Mona Liza, Mona Liza, Men have adored you が締め括りであったか。Liza がリーサと聞こえる発音だった。大喝采。

冗談だと知るのに、どれだけかの時間を要したのは身内びいきの為せる業か。だいいち、MCの声までが弟の声なのを訝らなかったのは滑稽だ。ともかく、家内もぼくも、まんまと騙された。和氏のジョークであったのだ。それにしても、のど自慢の域を超えていたと、いまも思う。のちに知ったが、そのころ、和氏は先生に就いて歌唱の修行を積んでいたのだ。

弟はニュージャージーに住み、NYの広告会社をいくつか渡り歩き、どこかの副社長を最後に、あとはNY電通に移ってから退職した。三十年以上も、務めあげたことになる（NYの広告街を標題にした『マディソン・アヴェニュー』の一著、サイマル出版がある）。

渡米の最初は日本能率協会の同時通訳だった。上の弟、大助が「結核の痕跡あり」（若い愛妻の置土産だろう）を理由に、最終的に篩い落とされ、悔し涙を呑んだのが、和氏の応募するきっかけとなった。Mona Liza は大氏の愛唱歌のひとつでもあった。

ぼくのワルシャワ末期、和氏は出張のついでにワルシャワへ寄り道した。「広告がまるでない国だね。」と弟はひたすら呆れていた。人民ポーランド体制を、切り捨てたのちのワルシャワの大通りのあちこちに、印刷もデザインも見事な街頭の大広告の見える新生の街を彼に見せたい。

27

「国際青年学生の歌」と題する歌は、ぼくらの大学時代、デモのたびに歌いながら行進した、いわば昔、懐かしい曲である。

世界の青年、共に肩と肩を組め
輝く太陽、青空を、再び戦火で乱すな
われらの友情は、原爆あるも断たれず
闘志は火と燃え

ああ、青年のこの熱情は消えない
いざ、共に誓わん平和の誓い

途切れ、途切れにしか、歌詞が思い出せない。それほど記憶は遠のいた。反戦学生同盟とか呼ばれた組織が（たぶん共産党の指導のもと日本全国に）組織され、共産圏の学生たちとの固い団結を誓う歌であったと思われる。

ぼくはこの同じ曲で恥ずかしい思いをした。そんな経験をしようとは夢にも思わなかった。それはアンジェイ・ワイダの映画「大理石の男」を見たときである。主人公のビルクートが釈放されて、工場の労働者仲間に温かく迎えられる。彼が歓迎集会でマイクの前に立ち、いざ演説を始めようとしたそのとき、マイクの電源をひそかに抜き取った男がある。

反体制の演説を妨害したこの男は、永年、彼を監視しつづけてきた秘密警察員である。男がリードを取って、大声で一斉に歌い始める。集会の一同を合唱に誘うためにだ。歌い出されたそれが、「国際青年学生の歌」――あのメロディーだった。

映画はぼくらの学生時代と大差のないころを扱っていた。だから、ポーランドでもあのころ好んで歌われたに違いない。しかし、正義のための主人公の口封じのために使われた歌――そう思うと、国際連帯を信じて歌っていた昔が、ひどく恥ずかしいものと思えたのだ。片や、日本では左翼学生のあいだの輝かしい〈愛唱歌〉――映画のストーリーとは言え、同じその歌が、ある時、ある場所では、〈反動勢力〉による〈民主主義圧殺〉のための道具ともなり得た時代があったとは。

考えてみれば、あの恥ずかしさは、〈社会主義〉を信じた学生時代というぼくの過去の軽率さに対する羞恥心だったのかもしれない。

28

「バラ色の人生」の歌にひところ付きまとわれた。新婚生活の伴奏曲かと思われたほどに。わが家で何かしらあるたびに、この歌がラジオから流れた。そのうち、夫婦のあいだに別れ話が進行したときにも、当てつけのようにラジオから「バラ色の人生」が鳴った。事態はやがて別居から離別へと運んだ。理由はいろいろだが、ここに記す気がしない。

そもそも、馴れ合いが「バラ色の人生」であった。彼女の歌は、発音も怪しげで、稚拙だった。そこに惹かれもした。

Quand il me prend dans ses bras
Il me parle tout bas
Ça m'fait quelque chose…

「抱き取ってくれるとき／かれは低い声で何か言う／それが何やらわたしの心を動かす」。Attention!《アタンシオン》気を付けることだ。「バラ色の人生」の歌は、必ずしも「バラ色の人生」をもたらしてはくれない。

29

昭和、昭和、昭和の子どもだ、ぼくたちは
心もきりり、姿もきりり

山、山、山なら富士の山
行こうよ、行こう、足並み揃え

元気よく、ぼくらの歌った歌のひとつだ。「タララッタ、タララ、タララッタ、タララ、タララッタ、タララ、タララッタラ」と繰り返し《ルフラン》が、軽快に続く。

大正十四年生まれのぼくが、敗戦の昭和二十年に二十一歳となった翌年、東洋式のいわゆる〈数え歳〉が、占領軍の命令（?・）で現在の〈満年齢〉に切り替わり、もう一回、二十一歳を繰りかえすこととなった。若返りしたのだ。こうなったので、八十一歳のことしなら、昭和に直せば八十一年と覚えやすい。他人との年齢差も、自分の歳から相手の昭和の生年を訊けば、それが年齢差となり、簡単で便利だ。つまり、大正生まれの「昭和の子」なのだ。

　どうやら中国や韓国では、いまでも〈数え歳〉で通しているらしい。北朝鮮でも、たぶん同じだろう。どちらかと言えば、ぼくの好きなのは、このアジア風、旧式の数え方のほうだ。理由は明白――〈ゼロ歳児〉という奇妙な数え方に大反対なのだ。胎児となってから出生に至るまでに一年近くが過ぎる（四〇週前後と百科辞典にある）。それならば、産まれた途端に一歳と数えるのが、自然だし、合理的だし、至極、当たり前に思える。以上、「昭和の子」第一号のひとりである老生として、いかにも、ぢぢ臭く保守的な感想を申し述べた。

　さて、この「昭和の子」の歌が流行った前後には、大新聞社が音頭を取り、小学六年在学の生徒の間で、毎年、全国的に「健康優良児」の選定を決めたりした。その後、「日支事変」以降、軍国色は次第に深まる。やがて「紀元は二千六百年」の歌を始めとして、「愛国行進曲」が国中に風靡するころには、「体力検定」なる制度が中学生相手に押し付けられた。

国防色一色の軍国ラッパの音の響きわたる歳月の連続は、宣戦布告の詔書で締め括られ、東條英機（英国の飛行機ではない）という名の軍人首相が、戦争のことを、しきりに「未曾有」（彼はそれを「みぞゆう」と発音した）と形容しながら、日本の国をまっしぐらに敗戦のどん底へと引きずり込んで行った。あの四年間は実に長かった。長すぎた。そして史上に前例を見ない占領時代がひっそりと始まる。

「戦争は焼けて終わった。あとに灰が残った」——大げさに言うなら、ぼくの戦後詩のスタートが、この一行だった。

（二〇〇五～〇七年）

Ⅳ

慈恵会第三病院

きのう書き始めた冒頭がＰＣ操作の過ちでどこぞへ消えた
一括収容のカバンに入れようとしたら、ふいと中途で消えた
文面はシャボン玉のように弾け飛び、画面に見当たらない
珍しくもないことだ。明るい書き出しでやりなおしとする

えらく元気になれたものだ。退院した途端に創作意欲が旺盛
詩集一巻ができあがってしまいそうな勢い、ちょっと変な気分
入院中は入れ替わり立ち替わり、連日のようなお見舞いの客
そのお蔭で、恢復は早く、とっくに病人じゃない、食欲も健全

〈見当識〉に変調を来した家内久代に代わり、買い出し、食事と
一手に負い、一日二食に限定、久代の言動に振り回されての
毎日のストレスの重圧に拉《ひし》がれて、遂に参っていたのかもと
いまさら悟る…独り暮らしは、気が楽になり、伸び伸びする

胃潰瘍は投薬により好転、丹念な検査の結果、腫瘍の恐れも皆無と聞くと不調は消滅、入院期間に習得できた三食の習慣を遵守する入院が十月二十一日、二十四日間もの長い慈恵会第三病院における毎日は、初めの五、六日だけ点滴こそあったが、そのあとは自由むしろ放任に近い。さすがに読書の気力には欠けていたけれど…

いったい何をしていたのか。点滴のころは、昼間もよく眠った病院食として供される「全粥」は、間もなく全部を喉に送りこむ調理が行き届き、フルーツにオレンジ四分の一や巨峰が四粒やらパンは決まってホカホカで、優しいこころ遣いが妙に嬉しかった

食後には必ず屋上へ出て、ＦＫのパックから二、三本は吸う話す相手はひとりもなく、顔が合って軽くあいさつする程度車椅子、松葉杖、片脚を喪った男、聞き耳の立つ会話はゼロまたいた、またか…とがっかりするような顔ぶれの揃うだけ

屋上からの夜景は美しい。富士山はどのあたりか、姿はない
退院近く、風の強いある朝、いくらか見当はずれの場所に
しらじらと富士山が現れ、昼すぎには、くっきり遠望できた
（小日向台町の鼠坂を登り詰めた右側の三十八番地の家でも
焼けた江古田《えごた》一丁目のわが家でも、冬には遠く富士が見えた）

連日のような見舞客。入院を画策した嫁たち…十月から留学中の
アグニェシュカ、なほちゃん…のふたりはもちろんのこと、四日にあげず
息子の万比呂がステップワゴンで埼玉県から馳せ参じ、時に孫むすめらを運び
食堂のおばさんに歓迎された。十一月九日の退院の日、愛ちゃんの
運転で荷物運び、瑛理夏になほを交え、びっくり寿司でお礼の午餐だ

激減してた目方は四十キロが、養生のかいあって、いまは忽ち五キロ増*
そんなこんなで元気百倍、退院の翌々日には、「歴程」の会に顔出しできた

軽い胃潰瘍症状はいつものこと、だが、朝めし食べると、夜がきても
お腹が空かず、胃のもたれた感じで、全くの食欲不振が四、五日続く

それを心配した嫁両人が強引に第三病院に幽閉した。（不調の最中に
会いに行った素生も「痩せた」と驚き、この息子も一度、見舞いにきた）

老人ホームに滞在中の久代に申し訳ないが、別居のお蔭でストレス解消
連日のように、つぎつぎと詩作、詩作、詩作で日が暮れ、夜が明ける
一気呵成のこの勢いは、胸の底に平生《へいぜい》、醸成されてきたタネゆえに
筆が弾み、詩ごころが燃え、創作への憧れが青年の如くぼくを駆る

常日ごろ、急須を取ってと言っても、どれが急須か分からず、うろうろし
箸を揃えるにも、あれこれ大いに迷い、言い出す話は、ほとんどとんちんかん
隙あらば、いつの間にやら、家を抜け、警察署の車で運ばれて戻り
郵便受けを気にしても、日刊紙は手にも取らず、連載小説とは無縁となった
（描写を憚る久代の症状に、精神が堪えられずにいた日々の自分を振り返る）

「おれが死ぬときは、また慈恵会病院に入れてくれよ」と、冗談めかして、なほに
ぼくが言ったのは、本心に近い。「メモリードにも近いし、遺体はすぐそこへ」

病院に恨みはある…最初の胃カメラ嚥下は、地獄の苦しみ。痛くないようにと
頼んだはずが麻酔ぬきで、七転八倒の騒ぎとなった。二度目は至極無事平安

退院後、なほから聞かされた。「老人は大病院に運ばれると、もう駄目か…」
観念のまなこを閉じて、病勢、一気に進み、死期を早めるものだという
これは、行きつけのイカリ・クリニックのドクターからの入れ知恵らしい
無神経なぼくに、この通則が適用外であったのは、さいわいなことだ

「十一月――ぼくの生きた時代」と題するぼくの第二詩集は、こうして誕生する
こんなのが詩集と呼べるかどうか、かなりこころもとないのだが、それはそれ
八十歳も過ぎてから、胸内《むなうち》のもやもやに、とつぜん、表現を与えたくなった
老人の投げ遣りとも言える健気さ、殊勝さに免じ、どうか大目に見てほしい

思えば、この十一～十二月は燃え盛るような、ふしぎに充実した時間であった
もう二度とこない日々（そうだ、兄貴の誕生日が十一月二十九日、十二月十二日
は妹の命日）、意図した訳ではないが、父母兄弟姉妹の総勢がここに集う
入院のぼくの身の回りに、嫁やら息子たち、そして孫むすめが集まったように

めったにあるとも思えない〈しあわせな老人〉が、この世にあるとすれば
この瞬間、その数少ない〈しあわせ老人〉のなかのひとりだ、とぼくは宣言する

「肺がんの原因の一つ」となるタバコを終日、吸いながらも無病息災でいられ
自炊に近いとは言え、日に三食、菓子・果物、毎夜の酒に困らぬほどの年金を得
あとは毛髪、日々に薄く、足元、常に危なげで、いい加減な服装で過ごしつつ

洗濯、風呂や便器、居間などの掃除は、週に二回、通いのヘルパーさんに任せ
乱れた書斎・食堂の整理はおぼつかず、ゴミ出し日になすべきことは忘れない
刻一刻、日一日、月日を重ね、ひたすら死没の日の訪れを待つとしもなく待つ

テレビの韓国ドラマに浸り、安い買い物を喜び、美人に会えばニッコリ致し
ほめられもせず、くにもされず…賢治・中也の生涯の二倍、啄木の三倍も生きた
それでは、人生、花嫁御寮、喜びすぎず、悲しみすぎず…不良老年の弁、如斯《かくのごとし》

（〇六・十二・十二〜十四）

＊ 現在、体重（素っぱだかの）はさらに五キロ増しで正五〇キロ、退院時よりも計一〇キロもふえた。

ぼくの葬式

ほら、ほら、これがおれの骨だ
中原中也

ぼくが死んだので、これからぼくの葬式が始まる
あいつはいつもタバコをふかし、口ヒゲのある面長の痩せ顔の上に
ちょこなんと帽子を載せていたが、あれはハゲ隠しだった……など
弔辞を読み上げる声が聞こえる

お葬式なんだから、ごく湿っぽく、やってくれ、うんと寂しく悲しげに……
葬送の曲は要らない、その代わり、「鳥は飛んで行った」Przeleciał ptaszek と
オギンスキの「祖国との別れ」Pożegnanie z ojczyzną を静かに鳴らしてほしい
歌のほうは「飛び去った鳥の綿毛が、まだ震えてる」と歌い、あとの旋律は
ワイダ監督の「灰とダイヤモンド」の終わりに近くに響いた調べ…(覚えているかな?)

七年を暮らし、いろいろと経験し、その後に仕事もしたポーランドの記念だ……

＊

沈潜した葬式とは打って変わり、通夜は思いっきり、賑やかに愉しくやってくれ
あいつは二度と生き返らない、けれどやつの人生は永く、おめでた続きであった
だから、そのめでたさにあやかって、いかにも景気良く、華やかな集いにして
ご馳走もたっぷりなら、お酒もたっぷり、豪勢に祝ってやってくれるのが良い

生きる僥倖を得たうえに、一生、わがままに暮らし、気の向くだけの仕事三昧
死ぬということは、生きることの裏返し、生の必需品として死があるのだから
死ぬのは永い人生の続きとして、天然自然に訪れる…それがぼくの人生哲学だ
生死《しょうじ》の中に仏あれば生死なし　ただ生死すなわち涅槃《ねはん》と心得て　生死として厭う
べきもなく　涅槃として欣《ねが》うべきもなし、[*1]とお経の文句も教えている……

さぁ、呑んでくれ、祝ってくれ、おれの行く先なんぞは、どうでもよろしい
呑め呑め、呑め呑め、世界の回るまで
バッカス、お前の酒樽に心配苦労もどんぶりこ[*2]

自慢じゃないが、おれさまは苦労して、一高という変なエリート学校に入寮し
そのあと、秀才の集まりの東京大学でアルバイトの暇を盗んでは少し勉強もし
日米会話学院、ニコライ学院、アテネ・フランセには、せっせと夜学に通った
鷗外先生に負けまいと、英語、ロシア語、フランス語、それにポーランド語もやった
そんな莫迦はめったにない、こんなことを書き綴る、いかにもおめでたい男

＊

男と言えば、女にも恵まれ、労《いたわ》られ、いたぶられ、子どもまでもこしらえた
そのあいだには、あっち、こっち人目を忍んで半ば公然と、愛人と暮らしたり
ベッドインしたり、ご満足であったし、若いころは軽犯罪法の成立以前をこれ幸い
電車内、夜行列車中、その他でのいたずらは、数度どころか、数知れない
カトリックを模して、告解《こっかい》に努め、罪を浄化しようがため、告白するのではない

何を隠そう……と、ここで尻尾を出しては、まずい。踏み留まらずば後生に障《さわ》る
たとい、閻魔様に舌を抜かれても、言わずに済むことなら、絶対、洩らさぬ
なによりも、人殺しはしていない…戦争に駆り出される前に、敗戦がきたから

良かった…ああ神さま、佛さま、なんまいだ。が、ともあれ、おれの罪業は深く抜きがたく、それゆえに死はめでたい。かくて、ぼくは恵まれた…死にまでも

＊

めでたい話と言うのなら、日本の、またにっくき世界の旧体制の崩壊自滅を目の当たりにできたこと、それも生涯に二度、繰り返してだから、瞑目合掌これほどめでたいことは、極楽に行こうと、地獄に堕ちようと、声を大にして吹聴これ努めて然るべしと、凡俗の亡者としては、叫びに叫び、おらびにおらぶ

ばぁーんざい、かーんぱい、養老のたーきが呑ーみたい
もしなければ、すっとこどっこい、酒呑みゃ、酒呑めよ[*3]

さぁ、きょうの佳き日は御光《みひかり》の射し出賜いし、佳き日なり。[*4]さぁ、やってくれ
盃を乾せよや、わが友よ…呑めや、歌えの大騒ぎ。世界はまだまだ滅びない
お天道《てんとう》さまの消えぬかぎり、
天地《あめつち》は永久《とこしえ》なれば

げに、原口統三[*5]があの秋、愛唱した一高寮歌の一節《ひとふし》に
ぼくも唱和する
ああ、悠久の鳥、地を去らんとす
両眼、火と燃ゆる彼方
自由の扉、開きてあり
自由の扉、開きてあり

＊

さても、こんやはおれのお通夜だ
自由、解脱、成佛、往生
生きた死んだは論外だ
今夜一夜《ひとよ》の花盛り
呑めや踊れとさんざめき
今夜一夜の花盛り、花盛り

（〇六・十二・十四〜十五）

＊1　修證義第一章（道元禅師「正法眼蔵」より）

＊2　酒が回るころ一高生が好んで歌った酔余の歌。元はドイツの学生歌だという。

＊3　戦前に流行した「酒呑みの歌」。「養老の瀧」と題したか。なぜか外国人の声がアメリカ訛りの日本語で歌った。

＊4　「天長節」に小学生が唱った式歌。戦後は天皇誕生日と名を変えた。

＊5　原口統三（一九二七〜四六）、一高三年生の秋、逗子海岸で水死により自殺。『二十歳のエチュード』は、その遺著、ベストセラーとなった。詩人ランボーを愛した。奉天一中の二年後輩だが、一高では二年上級。

あとがき

1　果たして、これが〈詩集〉だろうか。筆者自身こころもとない。詩のようなものと、エセ散文詩のようなものの混ぜ合わせに過ぎない。

2　詩集成立のいきさつは、最後からふたつ目に収めた作「慈恵会第三病院」で述べた。省みれば、あれは、めったには巡ってこないチャンスであった。その証拠に、ことし五月、同じ病院に五月四日から三十一日まで、再度、入院した。今回の退院後は翻訳書に取り組むまいにちが続いているだけで、創作詩への烈しい意欲再沸騰とはならずに終わった（今回はバスが走ってきたので乗ろうとあせり、すってんころりん転倒した結果、数時間後に右足が動かなくなり、動かそうとすると激痛が起こって、翌朝、救急車で運ばれた。骨折はなく、従ってなんらの手当てもなく、のどかに自然恢復を待ったという次第）。

3　まだ数篇あったが収録できなかった。処女詩集『不良少年』（思潮社、〇四年）の場合に引き続き、編集の労を患わせた藤井一乃嬢による厳選の賜物である。詩集の出るのは、ちょうど三年ぶりとなったが、老い先の短さゆえ、こんども嬉しい。思潮社、小田久郎会長にこころより感謝し、ご健康を祈りたい。

4　美しいデンファーレの花の装幀は、若い美術家、古川沙織さんのお蔭である。ありがとう。

5　なお「ぼくの葬式」の筆の流れなどで疑う向きもあろうかとの心配から申し上げると、執筆中、お酒の入っていたことは、一度もない。これは、酔余に電話しないのと同じ、ぼくの処世上のささやかなこころがけである。ぼくの酒は作中にもある麦焼酎で、いつも寝酒です。

工藤幸雄

十一月《じゅういちがつ》——ぼくの生きた時代《じだい》

著者
工藤《くどう》幸雄《ゆきお》

発行者
小田久郎

発行所
株式会社思潮社
〒一六二—〇八四二 東京都新宿区市谷砂土原町三—十五
電話 〇三(三二六七)八一五三(営業)・八一四一(編集)
FAX 〇三(三二六七)八一四二 振替 〇〇一八〇—四—八一二一

印刷
三報社印刷株式会社

製本
誠製本株式会社

発行日
二〇〇七年十月十日